KB202114

피천득 수필읽기

본문의 인용한 피천득의 작품은 저작권자와 출판권자의 허락을 받아
작품집 『인연』(피천득, 민음사, 2018년)에서 옮겨 실음.

피천득 수필읽기

초판발행일 | 2024년 10월 31일

지은이 | 피천득, 김정빈
펴낸곳 | 도서출판 황금알
펴낸이 | 金永馥

주간 | 김영탁
편집실장 | 조경숙
인쇄제작 | 칼라박스
주소 | 03088 서울시 종로구 이화장2길 29-3, 104호(동숭동)
전화 | 02) 2275-9171
팩스 | 02) 2275-9172
이메일 | tibet21@hanmail.net
홈페이지 | http://goldegg21.com
출판등록 | 2003년 03월 26일 (제300-2003-230호)

값은 뒤표지에 있습니다.

ISBN 979-11-6815-089-8-03810

피천득 수필읽기

피천득 | 수필
김정빈 | 감상

황금알

2024년 신판을 내면서

오래 전에 냈던 책을 다듬어 다시 낸다. 2003년 판에서『인생은 작은 인연들로 아름답다』였던 제목을『피천득 수필읽기』로 바꾼 것은 그 사이에 금아 선생에 관해 각계의 저명인사들이 쓴 글을 모은 책이 이 제목으로 나왔기 때문이다.

인생은
작은 인연들로 아름답다.

2003년 1월 21일
피 천 득

술은 묵힐수록 향기로워지고, 인연은 그리움으로 갈무리되어 깊어진다. 금아 선생이 가신 지 어언 17년, 지금 나에게 그분과 그분의 문학은 그리움으로 숙성되어가는 진한 포도주이다.

오늘 느끼는 그리움은 예전 이 책을 쓰던 때 느끼던 그리움과 유類는 같고 결은 다르다. 그리하여 약간 손질을 더한 이 책은 예전의 그 책이기도 하고 지금의 새 책이기도 하다.

독자들이 이 책을 읽으며 '찬란한 시절'로서의 '이 순간'을 더욱더 사랑하게 된다면, 금아 선생의 문학에서 전에는 보지 못하던 새로운 것을 약간이나마 새롭게 느끼게 된다면 더 바랄 것이 없겠다.

2024년 9월 10일

김정빈

비둘기빛 인연

어린 날의 첫사랑을 그리듯 금아 선생의 수필을 사랑해 온 지 삼십여 년. 그중 151절을 가려뽑아 음미해 보았다. '산호와 진주' 같은 선생의 인연들이 '비둘기빛'으로 내 안에도 비춰 들었다.

선생은 젊은 시절 내 정신을 바루어 준 스승이었고, 1980년 판『금아문선』은 내가 가야 할 글의 이상이었다. 아직도 못다 배운 글과 인품을 이렇게 새겨 보는 것은 선학에 대한 흠모의 염 또한 소중한 인연임을 믿기 때문이다.

선생께서 건강하시기를 기원한다. 무엇보다 소년 같은 그 마음이 글에서처럼 내내 건강하시기를. 그리고 나 또한 영원한 아이이기를 가만히 소망해본다.

2003년 5월 23일

김정빈

차례

제1부 금아 명수필 10선 : 피천득

제2부 금아 명문장 감상 : 김정빈

제1부

금아 명수필 10선

피천득

수필

    수필은 청자연적이다. 수필은 난이요, 학이요, 청초하고 몸맵시 난렵한 여인이다. 수필은 그 여인이 걸어가는 숲속으로 난 평탄하고 고요한 길이다. 수필은 가로수 늘어진 페이브먼트가 될 수도 있다. 그러나, 그 길은 깨끗하고 사람이 적게 다니는 주택가에 있다.

    수필은 청춘의 글은 아니요, 서른여섯 살 중년 고개를 넘어선 사람의 글이며, 정열이나 심오한 지성을 내포한 문학이 아니요, 그저 수필가가 쓴 단순한 글이다.

    수필은 흥미는 주지마는 읽는 사람을 흥분시키지는 아니한다. 수필은 마음의 산책이다. 그 속에는 인생의 향취와 여운이 숨어 있는 것이다.

    수필의 색깔은 황홀찬란하거나 진하지 아니하며, 검거나 희지 않고, 퇴락하여 추하지 않고, 언제나 온아우미하다. 수필의 빛은 비둘기빛이거나 진주빛이다. 수필이 비단이라면 번쩍거리지 않는 바탕에 약간의 무늬가 있는 것이다. 그 무늬는 읽는 사람의 얼굴에 미소를 띠게 한다.

수필은 한가하면서 나태하지 아니하고, 속박을 벗어나고서도 산만하지 않으며, 찬란하지 않고 우아하며, 날카롭지 않으나 산뜻한 문학이다.

수필의 재료는 생활 경험, 자연 관찰, 또는 사회 현상에 대한 새로운 발견, 무엇이나 다 좋을 것이다. 그 제재가 무엇이든 간에 쓰는 이의 독특한 개성과 그때의 무드에 따라 '누에의 입에서 나오는 액이 고치를 만들듯이' 수필은 씌어지는 것이다.

수필은 플롯이나 클라이맥스를 필요로 하지 않는다. 가고 싶은대로 가는 것이 수필의 행로이다. 그러나 차를 마시는 거와 같은 이 문학은 그 방향芳香을 갖지 아니할 때에는 수돗물처럼 무미한 것이 되어버리는 것이다.

수필은 독백이다. 소설가나 극작가는 때로 여러 가지 성격을 가져보아야 된다. 셰익스피어는 햄릿도 되고 폴로니아스 노릇도 한다. 그러나 수필가 램은 언제 찰스 램이면 되는 것이다. 수필은 그 쓰는 사람을 가장 솔직하게 드러내는 문학 형식이다. 그러므로 수필은 독자에게 친밀감을 주며, 친구에게서 받은 편지와도 같은 것이다.

덕수궁 박물관에는 청자연적이 하나 있었다. 내가 본 그 연적은 연꽃 모양을 한 것으로, 똑같이 생긴 꽃잎들이 정연히 달려 있었는데, 다만 그중에 꽃잎 하나만이 약간 옆으로 꼬부라졌었다. 이 균형 속에 있는 눈에 거슬리지 않는 파격이 수필인가 한다. 한 조각 연꽃잎을 꼬부라지게 하기에는 마음의 여유를 필요로 한다.

이 마음의 여유가 없어 수필을 못 쓰는 것은 슬픈 일이다. 때로는 억지로 마음의 여유를 가지려 하다가고 그런 여유를 갖는 것이 죄스러운 것 같기도하여 나의 마지막 십분의 일까지도 숫제 초조와 번잡에 다 주어버리는 것이다.

인연

지난 사월 춘천에 가려고 하다가 못 가고 말았다. 나는 성심 여자대학에 가보고 싶었다. 그 학교에 어느 학기, 매주 한 번씩 출강한 일이 있다. 힘드는 출강을 한 학기 하게 된 것은, 주 수녀님과 김 수녀님이 내 집에 오신 것에 대한 예의도 있었지만 나에게는 사연이 있었다.

수십 년 전 내가 열일곱이 되던 봄, 나는 처음 동경에 간 일이 있다. 어떤 분의 소개로 사회 교육가 미우라三浦 선생 댁에 유숙을 하게 되었다. 시바꾸 시로가네芝區白金에 있는 그 집에는 주인 내외와 어린 딸 세 식구가 살고 있었다. 하녀도 서생도 없었다. 눈이 예쁘고 웃는 얼굴을 하는 아사코朝子는 처음부터 나를 오빠같이 따랐다. 아침에 낳았다고 아사코라는 이름을 지었다고 하였다. 그 집 뜰에는 큰 나무들이 있었고 일년초 꽃도 많았다. 내가 간 이튿날 아침, 아사코는 '스위트피'를 따다가 꽃병에 담아 내가 쓰게 된 책상 위에 놓아주었다. '스위트피'는 아사코같이 어리고 귀여운 꽃이라고 생각하였다.

성심여학원 소학교 일학년인 아사코는 어느 토요일 오후 나와 같이 저희 학교까지 산보를 갔었다. 유치원부터 학부까지 있는 가톨릭 교육 기관으로 유명한 이 여학원은 시내에 있으면서 큰 목장까지 갖고 있었다. 아사코는 자기 신발장을 열고 교실에서 신는 하얀 운동화를 보여주었다.

내가 동경을 떠나던 날 아침, 아사코는 내 목을 안고 내 뺨에 입을 맞추고, 제가 쓰던 작은 손수건과 제가 끼던 작은 반지를 이별의 선물로 주었다. 옆에서 보고 있던 선생 부인은 웃으면서 "한 십 년 지나면 좋은 상대가 될 거예요"하였다. 나는 얼굴이 더워지는 것을 느꼈다. 나는 아사코에게 안데르센의 동화를 주었다.

그후 십 년이 지나고 삼사 년이 더 지났다. 그동안 나는 초등학교 일학년 같은 예쁜 여자 아이를 보면 아사코 생각을 하였다. 내가 두 번째 동경에 갔던 것도 사월이었다. 동경역 가까운 데 여관을 정하고 즉시 미우라 댁을 찾아갔다. 아사코는 어느덧 청순하고 세련되어 보이는 영양令孃이 되어 있었다. 그 집 마당에 피어 있는 목련꽃과도 같이. 그때 그는 성심여학원 영문과 삼학년이었다. 나는 좀 서먹했으나, 아사코는 나와의 재회를 기뻐하는 것 같았다. 아버지 어머니가 가끔 내 말을 해서 나의 존재를 기억하고 있었나 보다.

그날도 토요일이었다. 저녁 먹기 전에 같이 산책을 나갔다. 그리고 계획하지 않은 발걸음은 성심여학원 쪽으로 옮겨져 갔다. 캠퍼스를 두루 거닐다가 돌아올 무렵, 나는 아사코 신발장은 어디 있느냐고 물어보았다. 그는 무슨 말인가 하고 나를 쳐다보다가, 교실에는 구두를 벗지 않고 그냥 들어간다고 하였다. 그러고는 갑자기 뛰어가서 그날 잊어버리고 교실에 두고 온 우산을 가지고 왔다. 지금도 나는 여자 우산을 볼 때면 연두색이 고왔던 그 우산을 연상한다. 〈셸부르의 우산〉이라는 영화를 내가 그렇게 좋아한 것도 아사코의 우산 때문인가 한다. 아사코와 나는 밤늦게까지 문학 이야기를 하다가 가벼운 악수를 하고 헤어졌다. 새로 출판된 버지니아 울프의 소설 『세월』에 대해서도 이야기한 것 같다.

그후 또 십여 년이 지났다. 그동안 제2차 세계대전이 있었고, 우리나라가 해방이 되고 또 한국전쟁이 있었다. 나는 어쩌다 아사코 생각을 하곤 했다. 결혼은 하였을 것이요, 전쟁통에 어찌 되지나 않았나, 남편이 전사하지나 않았나 하고 별별 생각을 다 하였다. 1954년 처음 미국 가던 길에 나는 동경에 들러 미우라 댁을 찾아갔다. 뜻밖에도 동네가 고스란히 그대로 남아 있었다. 그리고 미우라 선생네는 아직도 그 집에 살고 있었다.

선생 내외분은 흥분된 얼굴로 나를 맞이하였다. 그리고 한국이 독립이 돼서 무엇보다도 잘됐다고 치하를 하였다. 아사코는 전쟁이 끝난 후 맥아더 사령부에서 번역 일을 하고 있다가, 거기서 만난 일본인 2세와 결혼을 하고 따로 나서 산다는 것이었다. 아사코가 전쟁 미망인이 되지 않은 것은 다행이었다. 그러나 2세와 결혼하였다는 것이 마음에 걸렸다. 만나고 싶다고 그랬더니 어머니가 아사코의 집으로 안내해 주었다.

뾰족 지붕에 창문들이 있는 작은 집이었다. 20여 년 전 내가 아사코에게 준 동화책 겉장에 있는 집도 이런 집이었다.

"아, 이쁜 집! 우리 이담에 이런 집에서 같이 살아요."

아사코의 어린 목소리가 지금도 들린다.

십 년쯤 미리 전쟁이 나고 그만큼 일찍 한국이 독립되었다면 아사코의 말대로 우리는 같은 집에서 살 수 있게 되었을지도 모른다. 뾰족 지붕에 뾰족 창문이 있는 집은 아니라도. 이런 부질없는 생각이 스치고 지나갔다.

그 집에 들어서자 마주친 것은 백합같이 시들어가는 아사코의 얼굴이었다. 『세월』이란 소설 이야기를 한 지 십 년이 더 지났다. 그러나 그는 아직 싱싱하여야 할 젊은 나이다. 남편은 내가 상상했던 것과 같이 일본 사람도 아니고, 미국 사람도 아닌, 그리고 진주군 장교라는 것을 뽐내는 것 같은 사나이였다. 아사코와 나는 절을 몇 번씩 하고 악수도 없이 헤어졌다.

그리워하는데도 한 번 만나고는 못 만나게 되기도 하고, 일생을 못 잊으면서도 아니 만나고 살기도 한다. 나와 아사코는 세

번 만났다. 세 번째는 아니 만났으면 좋았을 것이다.

오는 주말에는 춘천에 갔다 오려 한다. 소양강 가을 경치가
아름다울 것이다.

오월

　오월은 금방 찬물로 세수를 한 스물한 살 청신한 얼굴이다.

　하얀 손가락에 끼어 있는 비취 가락지다.

　오월은 앵두와 어린 딸기의 달이요, 오월은 모란의 달이다.

　그러나 오월은 무엇보다도 신록의 달이다. 전나무의 바늘잎
도 연한 살결같이 보드랍다.

　스물한 살이 나였던 오월. 불현듯 밤차를 타고 피서지에 간
일이 있다. 해변가에 엎어져 있는 보우트. 덧문이 닫혀 있는 별
장들. 그러나 시월같이 쓸쓸하지는 않았다. 가까이 보이는 섬들
이 생생한 색이었다.

　　得了愛情痛苦
　　失了愛情痛苦

　젊어서 죽은 중국 시인의 이 글귀를 모래 위에 써놓고, 나는

죽지 않고 돌아왔다.

신록을 바라다보면 내가 살아 있다는 사실이 참으로 즐겁다.

내 나이를 세어 무엇하리. 나는 지금 오월 속에 있다.

연한 녹색은 나날이 번져가고 있다. 어느덧 짙어지고 말 것이다. 머문 듯 가는 것이 세월인 것을. 유월이 되면 원숙한 여인과 같이 녹음이 우거지리라. 그리고 태양은 정열을 퍼붓기 시작할 것이다.

밝고, 맑고, 순결한 오월은 지금 가고 있다.

봄

"인생은 빈 술잔, 카펫 깔지 않은 충계, 사월은 천치와 같이 중얼거리고 꽃 뿌리며 온다."

이러한 시를 쓴 시인이 있다.

"사월은 가장 잔인한 달."

이렇게 읊은 시인도 있다. 이들은 사치스런 사람들이다. 나처럼 범속한 사람은 봄을 기다린다.

봄이 오면 무겁고 둔한 옷을 벗어 버리는 것만 해도 몸과 마음이 가벼워진다. 주름살 잡힌 얼굴이 따스한 햇볕 속에 미소를 띠고 하늘을 바라다보면 곧 날아갈 수 있을 것만 같다. 봄이 올 때면 젊음이 다시 오는 것 같다.

나는 음악을 들을 때, 그림이나 조각을 들여다볼 때, 잃어버린 젊음을 안개 속에서 잠깐 만나는 일이 있다. 문학을 업으로 하는 나의 기쁨의 하나는, 글을 통하여 먼 발치라도 젊음을 바라볼 수 있다는 점이다. 그러나 무엇보다도 봄을 가져 보게 하는 것은 봄이다.

잃었던 젊음을 잠깐이라도 만나 본다는 것은 헤어졌던 애인을 만나는 것보다 기쁜 일이다. 헤어진 애인이 여자라면 뚱뚱해졌거나 말라 바스러졌거나 둘 중이요, 남자라면 낡은 털 재킷같이 축 늘어졌거나 그렇지 않으면 얼굴이 시뻘개지고 눈빛이 혼탁해졌을 것이다.

젊음은 언제나 한결같이 아름답다. 지나간 날의 애인에게서 환멸을 느껴도 누구나 잃어버린 젊음에는 안타까운 미련을 갖는다.

나이를 먹으면 젊었을 때의 초조와 번뇌를 해탈하고 마음이 가라앉는다고 한다. 이 '마음의 안정'이라는 것은 무기력으로부터 오는 모든 사물에 대한 무관심을 말하는 것이다. 무디어진 지성과 둔해진 감수성에 대한 슬픈 위안의 말이다. 늙으면 플라톤도 '허수아비'가 되는 것이다. 아무리 높은 지혜도 젊음만은 못하다.

'인생은 사십부터'라는 말은, 인생은 사십까지라는 말이다. 다른 것은 몰라도 내가 읽은 소설의 주인공들은 93퍼센트가 사십 미만의 인물들이다. 그러니 사십부터는 여생인가 한다. 40년이라면 인생은 짧다. 그러나 생각을 다시 하면 그리 짧은 편도 아니다.

'나비 앞장세우고 봄이 봄이 와요'하고 노래 부르는 아이들의 나비는 작년에 왔던 나비는 아니다. 강남 갔던 제비가 다시 돌아온다지만, 그 제비는 몇 봄이나 다시 돌아올 수 있을까?

키츠가 들은 나이팅게일은 4천 년 전 룻이 이국異國 땅 강냉이 밭에서 눈물 흘리며 듣던 새는 아니다. 그가 젊었기에 불사조라는 화려한 말을 써 본 것이다. 나비나 나이팅게일의 생명보다는 인생은 몇 갑절이 길다.

민들레와 바이올렛이 피고, 진달래 개나리가 피고, 복숭아꽃, 살구꽃 그리고 라일락, 사향장미가 연달아 피는 봄, 이러한 봄을 40번이나 누린다는 것은 적은 축복은 아니다. 더구나 봄이 마흔 살이 넘은 사람에게도 온다는 것은 참으로 다행한 일이다.

녹슨 심장도 피가 용솟음치는 것을 느끼게 된다. 물건을 못 사는 사람에게도 찬란한 쇼윈도는 기쁨을 주나니, 나는 비록 청춘을 잃어버렸다 하여도 비잔틴 왕궁에 유폐되어 있는 금으로 만든 새를 부러워하지 않는다. 아― 봄이 오고 있다. 순간마다 가까워 오는 봄!

플루트 플레이어

　지휘봉을 든 오케스트라의 지휘자는 찬란한 존재다. 그러나 토스카니니 같은 지휘자 밑에서 플루트를 분다는 것은 또 얼마나 영광스러운 일인가. 다 지휘자가 될 수는 없는 것이다. 다 콘서트 마스터가 될 수도 없는 것이다. 오케스트라와 같이 하모니를 목적으로 하는 조직체에 있어서는 멤버가 된다는 것만도 참으로 행복한 일이다. 그리고 각자의 맡은 바 기능이 전체 효과에 종합적으로 기여된다는 것은 의의깊은 일이다. 서로 없어서는 안 된다는 신뢰감이 거기에 있고, 칭찬이나 혹평이거나 '내'가 아니요 '우리'가 받는다는 것은 마음 든든한 일이다. 자기의 악기가 연주하는 부분이 얼마 아니 된다 하더라도, 그리고 독주하는 부분이 없다 하더라도, 그리 서운할 것은 없다. 남의 파트가 연주되는 동안 기다리고 있는 것도 무음無音의 연주를 하고 있는 것이다.

　베이스볼 팀의 외야수와 같이 무대 뒤에 서 있는 콘트라베이스를 나는 좋아한다. 베토벤 교향곡 제54번 스케르초scherzo의 악장 속에 있는 트리오 섹션에는 둔한 콘트라베이스를 쩔쩔매에 하는 빠른 대목이 있다. 나는 이런 유머를 즐길 수 있는 베이스 플레이어를 부러워한다.

〈전원 교향악〉 제3악장에는 농부의 춤과 아마추어 오케스트라가 나오는 장면이 묘사되어 있다. 서투른 바순이 제 때 나오지를 못하고 뒤늦게야 따라 나오는 대목이 몇 번 있다. 이 우스운 음절을 연주할 때의 바순 플레이어의 기쁨을 나는 안다. 팀파니스트가 되는 것도 좋다. 하이든 교향곡 94번의 서두가 연주되는 동안은 카운터 뒤에 있는 약방 주인같이 서 있다가 청중이 경악하도록 갑자기 북을 두들기는 순간이 오면 그 얼마나 신이 나겠는가?

자기를 향하여 힘차게 손을 흔드는 지휘자를 쳐다볼 때, 그는 자못 무상의 환희를 느낄 것이다. 어렸을 때 나는 공책에 줄 치는 작은 자로 교향악단을 지휘한 일이 있었다. 그러나 그후 지휘자가 되겠다는 생각을 해본 적은 없다. 토스카니니가 아니더라도 어떤 존경받는 지휘자 밑에 무명無名의 플루트 플레이어가 되고 싶은 때는 가끔 있었다.

나의 사랑하는 생활

　나는 우선 내 마음대로 쓸 수 있는 돈이 지금 돈으로 한 5만 원쯤 생기기도 하는 생활을 사랑한다. 그러면은 그 돈으로 청량리 위생병원에 낡은 몸을 입원시키고 싶다. 나는 깨끗한 침대에 누웠다가 하루에 한두 번씩 덥고 깨끗한 물로 목욕을 하고 싶다. 그리고 우리 딸에게 제 생일날 사 주지 못한 비로드 바지를 사 주고, 아내에게는 비하이브 털실 한 폰드 반을 사 주고 싶다. 그리고 내 것으로 점잖고 산뜻한 넥타이를 몇 개 사고 싶다. 돈이 없어서 적조하여진 친구들을 우리 집에 청해 오고 싶다. 아내는 신이 나서 도마질을 할 것이다. 나는 5만 원, 아니 10만 원쯤 마음대로 쓸 수 있는 돈이 생기는 생활을 가장 사랑한다. 나는 나의 시간과 기운을 다 팔아 버리지 않고, 나의 마지막 십분의 일이라도 남겨서 자유와 한가를 즐길 수 있는 생활을 하고 싶다.

　나는 잔디를 밟기 좋아한다. 젖은 시새를 밟기 좋아한다. 고

무창 댄 구두를 신고 아스팔트 위를 걷기를 좋아한다. 아가의 머리칼을 만지기 좋아한다. 새로 나온 나뭇잎을 만지기 좋아한다. 나는 보드랍고 고운 화롯불 재를 만지기 좋아한다. 나는 남의 아내의 수달피 목도리를 만져 보기 좋아한다. 그리고 아내에게 좀 미안한 생각을 한다.

나는 아름다운 얼굴을 좋아한다. 웃는 아름다운 얼굴을 더 좋아한다. 그러나 수수한 얼굴이 웃는 것도 좋아한다. 서영이 엄마가 자기 아이를 바라보고 웃는 얼굴도 좋아한다. 나 아는 여인들이 인사 대신으로 웃는 웃음을 나는 좋아한다.

나는 아름다운 빛을 사랑한다. 골짜기마다 단풍이 찬란한 만폭동, 앞을 바라보면 걸음이 급하여지고 뒤를 돌아다보면 더 좋은 단풍을 두고 가는 것 같아서 어쩔 줄 모르고 서 있었다. 예전 우리 유치원 선생님이 주신 색종이 같은 빨간색 · 보라 · 자주 · 초록, 이런 황홀할 색깔을 나는 좋아한다. 나는 우리나라 가을 하늘을 사랑한다. 나는 진주빛, 비둘기빛을 좋아한다. 나는 오래된 가구의 마호가니 빛을 좋아한다. 늙어 가는 학자의 희끗희끗한 머리칼을 좋아한다.

나는 이른 아침 종달새 소리를 좋아하며, 꾀꼬리 소리를 반가워하며, 봄 시냇물 흐르는 소리를 즐긴다.

갈대에 부는 바람 소리를 좋아하며, 바다의 파도 소리를 들으면 아직도 가슴이 뛴다. 나는 골목을 지나갈 때마다 발을 멈추고 한참이나 서 있게 하는 피아노 소리를 좋아한다.

나는 젊은 웃음소리를 좋아한다. 다른 사람 없는 방에서 내 귀에다 귓속말을 하는 서영이 말소리를 좋아한다. 나는 비 오시는 날 저녁 때 뒷골목 선술집에서 풍기는 불고기 냄새를 좋아한다. 새로운 양서洋書 냄새, 털옷 냄새를 좋아한다. 커피 끓이는 냄새, 라일락 짙은 냄새, 국화·수선화·소나무의 향기를 좋아한다. 봄 흙냄새를 좋아한다.

나는 사과를 좋아하고 호도와 잣과 꿀을 좋아하고, 친구와 향기로운 차를 마시기를 좋아한다. 군밤을 외투 호주머니에 넣고 길을 걸으면서 먹기를 좋아하고, 찰스 강변을 걸으면서 핥던 콘 아이스크림을 좋아한다.

나는 아홉 평 건물에 땅이 50평이나 되는 나의 집을 좋아한다. 재목을 쓰지 못하고 흙으로 지은 집이지만 내 집이니까 좋아한다. 화초를 심을 뜰이 있고 집 내놓으라는 말을 아니 들을 터이니 좋다. 내 책들은 언제나 제자리에 있을 수 있고 앞으로 오랫동안 이 집에서 살면 집을 몰라서 놀러 오지 못할 친구는 없을 것이다. 나는 삼일절이나 광복절 아침에는 실크해트 silk-hat를 쓰고 모닝 코트를 입고 싶은 충동을 느낀다. 그러나 그것은 될 수 없는 일이다. 여름이면 베 고의 적삼을 입고 농립을 쓰고 짚신을 신고 산길을 가기 좋아한다.

나는 신발을 좋아한다. 태사신, 이름 쓴 까만 운동화, 깨끗하게 씻어 논 파란 고무신, 흙이 약간 묻은 탄탄히 삼은 짚신, 나의 생활을 구성하는 모든 작고 아름다운 것들을 사랑한다. 고운 얼굴을 욕망없이 바라다보며, 남의 공적을 부러움 없이 찬양하는 것을 좋아한다. 여러 사람을 좋아하며 아무도 미워하지 아니하며, 몇몇 사람을 끔찍이 사랑하며 살고 싶다. 그리고 나는 점잖게 늙어 가고 싶다. 내가 늙고 서영이가 크면 눈 내리는 서울 거리를 같이 걷고 싶다.

종달새

"무슨 새지?"

어떤 초대석에서 한 손님이 물었다.

"종달새야."

주인의 대답이다.

옆에서 듣고 있던 나는,

"종달새라고? 하늘을 솟아오르는 것이 종달새지, 저것은 조롱鳥籠새야."

내 말이 떨어지자 좌중은 경탄하는 듯이 웃었다.

그날 밤 나는 책을 읽다가 아까 친구 집에서 한 말을 뉘우쳤다. 비록 갇혀 있는 새라 하여도 종달새는 공작이나 앵무새와는 다르다. 갇혀 있는 공작은 거친 산야보다 아늑한 우리 안이 낫다는 듯이 안일하게 살아간다. 화려한 날개를 펴고 교태를 부리기도 한다. 앵무새도 자유를 망각하고 감금 생활에 적응한다. 곧잘 사람의 말을 흉내도 낸다. 예전 어떤 집에서 일어 상용日語

常用하는 주인을 따라 "오하요(안녕)"하고 인사를 하는 앵무새가
있었다.

그러나 종달새는 갇혀 있다 하더라도 그렇지 않다. 종달새는
푸른 숲, 파란 하늘, 여름 보리를 기억하고 있다. 그가 꿈을 꿀
때면, 그 배경은 새장이 아니라 언제나 넓은 들판이다.

아침 햇빛이 조롱에 비치면 그는 착각을 하고 문득 날려다가
날개를 파닥거리며 쓰러지기도 한다. 설사 그것이 새장 속에서
태어나 아름다운 들을 모르는 종달이라 하더라도, 그의 핏속에
는 선조 대대의 자유를 희구하는 정신과 위로 위로 지향하는 강
한 본능이 흐르고 있는 것이다.

칼멜 수도원의 수녀는 갇혀 있다 하더라도 그는 죄인이 아니
라 바로 자유없는 천사다. 해방 전 감옥에는 많은 애국자들이
갇혀 있었다. 그러나 철창도 콘크리트 벽도 어떠한 고문도 자유
의 화신인 그들을 타락시키지는 못했다.

시온— 너의 감옥은 성스러운 곳
너의 슬픈 바닥은 제단祭壇
바로 그이의 발자국이 닳아
너의 찬 포석鋪石이 잔디인 양 자국이 날 때까지
보니바루가 밟았다
누구도 이 흔적을 지우지 말라
그것들은 폭군으로부터 신에게까지 호소하나니

이것은 내가 좋아하는 시구였다.

예전 북경에는 이른 새벽이면 고궁 담 밖에 조롱을 들고 서 있는 노인들이 있었다. 궁 안에서 우는 새소리를 들려주느라고 서 있는 것이다. 울지 않던 새도 같은 종류의 새소리를 들으면 제 울음을 운다는 것이다 거기 조롱 속에 종달새가 있었다면, 그 울음을 단지 배워서 하는 노래가 아니라 작은 가슴에 뭉쳐 있던 분노와 갈망의 토로였을 것이다. 조롱 속의 새라도 종달새는 종달새다.

구원의 여상

구원의 여상女像은 성모 마리아입니다. 단테의 '베아트리체', 루브르 박물관에 있는 헤나Henna의 〈파비올라Fabiola〉입니다. 둘이서 나란히 걸어가기에는 좁은 길이라고 믿는 알리사이기도 합니다.

그러나 또한 "불타오르는 과거를, 쌓이고 쌓인 재가 덮어버린 지금은 당신을 다시 만나고 싶어 해도 되겠지요. 언제라도 볼일이나 유람차 님므 부근에 오시거든 에그비브에도 들러 주세요." 이런 편지를 쓴 줄리엣도 구원의 여상입니다.

지나간 날의 즐거운 회상과 아름다운 미래의 희망이
고이 모인 얼굴.
그날 그날 인생살이에
너무 찬란하거나 너무 선善스럽지 않은 것.
순간적인 슬픔, 단순한 계교
칭찬 · 책망 · 사랑 · 키스, 눈물과 미소에 알맞은 것.

워즈워스의 이런 여인도 구원의 여상입니다.

여기 나의 구원의 여상이 있습니다. 그의 눈은 하늘같이 맑습니다. 때로는 흐리기도 하고 안개가 어리기도 합니다. 그는 싱싱하면서도 애련합니다. 명랑하면서도 애수가 깃들고 있습니다. 원숙하면서도 앳된 데를 지니고, 지성과 함께 한편 어수룩한 데가 있습니다. 걸음걸이는 가벼우나 빨리 걷는 편은 아닙니다. 성급하면서도 기다릴 줄을 알고, 자존심이 강하면서도 수줍어할 때가 있고, 양보를 아니하다가도 밑질 줄을 압니다.

그는 아름다우나, 그 아름다움은 사람을 매혹하게 하지 아니하는 푸른 나무와도 같습니다.

옷은 늘 단정히 입고 외투를 어깨에 걸치는 버릇이 있습니다. 화려한 것을 좋아하나 가난한 것을 무서워하지 아니합니다. 그는 파이프레스 통장작을 못 피울 경우에는 질화로에 숯불을 피워 놓습니다. 차를 끓일 줄 알며, 향취를 감별할 줄 알며, 찻잔을 윤이 나게 닦을 줄을 알며, 이 빠진 접시를 버릴 줄 압니다.

그는 한 사람하고 인사를 하면서 다른 사람을 바라다보는 일이 없습니다. 그는 지위, 재산, 명성 같은 조건에 현혹되어 사람의 가치 평가를 잘못하지 아니합니다. 그는 예의적인 인사를 하기도 하지만 마음에 없는 말은 아니합니다.

아첨이라는 것은 있을 수 없습니다. 그는 남이 감당하지 못할 기대를 하고 실망하지 아니합니다.

그는 사치하는 일은 있어도 낭비는 절대로 아니합니다. 돈의 가치를 명심하면서도 인색하지 아니합니다. 돈에 인색하지 않고 시간에 인색합니다. 그는 회합이나 남의 초대에 가는 일이 드뭅니다. 그에게는 한가한 시간이 많습니다. 미술을 업으로 하는 그는 쉬는 시간에는 책을 읽고 음악을 듣고 오래오래 산책을 합니다.

그의 그림은 색채가 밝고 맑고 화폭에는 넓은 여백의 의미가 있습니다. 그는 사랑이 가장 귀한 것이나, 인생의 전부라고 생각지 아니합니다.

그는 마음의 허공을 그대로 둘지언정 아무것으로나 채우지는 아니합니다. 그는 자기가 사랑하지 않는 사람으로 하여금 자기를 사랑하게 하는 매력을 가지고 있습니다.

그러나 받아서는 아니 될 남의 호의를 정중하고 부드럽게 거절할 줄 압니다.

그는 과거의 인연을 소홀히 하지 아니합니다. 자기 생애의 일부인 까닭입니다. 그는 예전 애인을 웃는 낯으로 만날 수 있습니다. 그는 몇몇 사람을 끔찍이 아낍니다. 그러나 아무도 섬기지는 아니합니다.

그는 남의 잘못을 아량있게 이해하며, 아무도 미워하지 아니합니다. 그는 정직합니다. 정직은 인간에 있어서 가장 큰 매력입니다.

그는 자기의 힘이 닿지 않는 광막한 세계가 있다는 것을 알고 있습니다.

그에게는 울고 싶을 때 울 수 있는 눈물이 있습니다. 그의 가슴에는 고갈되지 않는 윤기가 있습니다. 그에게는 유머가 있고, 재치있게 말을 받아넘기기도 하고 남의 약점을 찌르기도 합니다. 그러나 그런 때는 매우 드뭅니다. 그는 한 시간 내내 말한마디 아니하는 때가 있습니다. 이런 때라도 그는 같이 있는 사람으로 하여금 그 시간을 헛되이 보내지 않았다는 기쁨을 갖게 합니다.

성실한 가슴, 거기에 한 남성이 머리를 눕히고 살 힘을 얻을 수가 있고, 거기에서 평화롭게 죽을 힘을 얻을 수 있는 그런 가슴을 그는 가지고 있습니다.

그는 신의 존재, 영혼의 존엄성, 진리와 미, 사랑과 기도, 이런 것들을 믿으려고 안타깝게 애쓰는 여성입니다.

꿈

.

　간절한 소원이 꿈에 이루어지기도 한다. 어려서 꿈에, 모터사이클에 속력을 놓고 마냥 달린다. 브레이크를 걸어도 스톱이 되지 않아 애를 쓰다가 잠이 깬다.

　나는 와이키키 비치에서 한 노인 교포를 만난 일이 있다. 그는 1904년에 하와이로 이민 온 후, 50년이 되어도 꿈의 배경은 언제나 자기 고향인 통영이라고 하였다. "꿈엔들 잊으리요, 그 잔잔한 고향바다"라고 노래한 노산鷺山의 노래가 생각난다. 미국에서 유행되던 〈푸르고 푸른 고향의 풀〉이라는 노래가 있다. 감옥에 갇힌 사형수가 꿈에 고향을 꿈꾸는 것이다. 눈을 떠보면 회색빛 네 벽만이 그를 에워싸고 있다. 그러나 꿈속에서는 벽돌담도 철창도 다 스러지는 것이다.

　또 이런 사연의 노래가 있다. 아기가 자기 전에 기도 드리는 것을 엄마가 몰래 보았다. 빨간 리본을 보내달라고 아기는 기도를 드리고 있었다. 엄마는 빨간 리본을 사러 거리로 나갔다. 그러나 밤이 깊어 상점은 모두 닫혀 있었다. 엄마는 돌아와 안타까운 마음으로 잠이 들었다. 아침에 아기가 방문을 열어보니 아기의 머리맡에는 한 다발의 리본이 놓여 있었다. 기적이라고 생각하여도 좋다. 그러나 이것은 엄마의 간절한 소원이 이루어진 꿈일 것이다.

서양 전설에 이런 이야기가 있다. 처녀가 성聖 아그네스제祭 전야에 단식을 하고 아무와도 말을 아니하고 성 아그네스에게 기도를 드리고 잠이 들면, 그날 밤 꿈에 미래의 남편을 볼 수 있다는 것이다.

어려서 나는 꿈에 엄마를 찾으러 길을 가고 있었다. 달밤에 산길을 가다가 작은 외딴집을 발견하였다. 그 집에는 젊은 여인이 혼자 살고 있었다. 달빛에 우아하게 보였다. 나는 허락을 얻어 하룻밤을 잤다. 그 이튿날 아침 주인 아주머니가 아무리 기다려도 일어나지 않았다. 불러 봐도 대답이 없다. 문을 열고 들여다보니, 거기에 엄마가 자고 있었다. 몸을 흔들어보니 차디차다. 엄마는 죽은 것이다. 그 집 울타리에는 이름모를 찬란한 꽃이 피어 있었다. 나는 언젠가 엄마한테서 들은 이야기를 생각하고 얼른 그 꽃을 꺾어 가지고 방으로 들어왔다. 하얀 꽃을 엄마 얼굴에 갖다 대고 "뼈야 살아라!"하고, 빨간 꽃을 가슴에 갖다놓고 "피야 살아라!" 그랬더니 엄마는 자다가 깨듯 눈을 떴다. 나는 엄마를 얼싸안았다. 엄마는 금시 학이 되어 날아갔다.

은전 한 닢

   예전 상해에서 본 일이다. 늙은 거지 하나가 전장錢莊(돈 바꾸는 집)에 가서 떨리는 손으로 1원짜리 은전 한 닢을 내놓으며 "황송하지만 이 돈이 못 쓰는 것이나 아닌지 좀 보아주십시오"하고 그는 마치 선고를 가디리는 죄인과 같이 전장 사람의 입을 쳐다본다. 전장 주인은 거지를 물끄러미 내려다보다가, 돈을 두들겨 보고 "하−오(좋소)"하고 내어준다. 그는 "하−오"라는 말에 기쁜 얼굴로 돈을 받아서 가슴 깊이 집어넣고 절을 몇 번이나 하며 간다. 그는 뒤를 자꾸 돌아보며 얼마를 가더니 또 다른 전장을 찾아 들어갔다. 품속에 손을 넣고 한참을 꾸물거리다가 그 은전을 내놓으며 "이것이 정말 은으로 만든 돈이오니까?"하고 묻는다.

   전장 주인도 호기심 있는 눈으로 바라다보더니

   "이 돈을 어디서 훔쳤어?"

   거지는 떨리는 목소리로,

"아닙니다. 아니에요."

"그러면 길바닥에서 주웠다는 말이냐?"

"누가 그렇게 큰 돈을 빠뜨립니까? 떨어지는 소리는 안 나나
요? 어서 도로 주십시오."

거지는 손을 내밀었다. 전장 주인은 웃으면서 "하—오"하고
던져 주었다.

그는 얼른 집어서 가슴에 품고 황망히 달아난다. 뒤를 흘끔흘
끔 돌아다보며 얼마를 허덕이며 달아나더니 별안간 우뚝 선다.
서서 그 은전이 빠지지나 않았나 만져보는 것이다. 거친 손가락
이 누더기 위로 그 돈을 쥘 때 그는 다시 웃는다. 그리고 또 얼
마를 걸어가다가 어떤 골목 으슥한 곳으로 찾아 들어가더니 벽
돌 담 밑에 쪼그리고 앉아서 돈을 손바닥에 놓고 들여다보고 있
었다. 그가 어떻게 열중해 있었는지 내가 가까이 선 줄도 모르
는 모양이었다.

"누가 그렇게 많이 도와줍디까?" 하고 나는 물었다. 그러자
그는 내 말소리에 움칠하면서 손을 가슴에 숨겼다. 그리고는 떨
리는 다리로 일어서서 달아나려고 하였다.

"염려 마십시오. 빼앗아 가지 않소" 하고 나는 그를 안심시키
려 하였다. 한참 머뭇거리다가 그는 나를 쳐다보고 이야기를 하
였다.

"이것은 훔친 것이 아닙니다. 길에서 얻은 것도 아닙니다. 누

가 저 같은 놈에서 1원 짜리를 줍니까? 각전角錢 한 닢을 받아 본 적이 없습니다. 동전 한 닢 주시는 분도 백에 한 분 쉽지 않습니다. 나는 한 푼 한 푼 얻은 돈에서 몇 닢씩 모았습니다. 이렇게 모은 돈 마흔여덟 닢을 각전닢과 바꾸었습니다. 이러기를 여섯 번을 하여 겨우 이 귀한 '다양大洋' 한 푼을 갖게 되었습니다. 이 돈을 얻느라고 여섯 달이 더 걸렸습니다."

그의 뺨에는 눈물이 흘렀다. "왜 그렇게까지 애를 써서 그 돈을 만들었단 말이오? 그 돈으로 무얼 하려오?" 하고 물었다.

그는 다시 머뭇거리다가 대답했다.

"이 돈 한 개가 갖고 싶었습니다."

제 2 부

금아 명문장 감상

김정빈

1. 하얀 손가락에 끼어 있는 비취 가락지

— 청초, 젊음, 봄, 희망

1

수필은 청자연적이다. 수필은 난이요, 학이요, 청초하고 몸맵시 난렵한 여인이다. 수필은 그 여인이 걸어가는 숲속으로 난 평탄하 고 고요한 길이다. – 「수필」

별과 사막, 사막 속의 우물, 장미와 왕자.

생텍쥐페리는 『어린 왕자』에서 이것들에 영원한 신비를 부여 하여 후대의 동화 작가들을 절망시켰거니와, 선생은 이 문장으 로써 수필을 비유할 만한 격조있는 이미지들을 다 사용함으 써 후대의 수필가들을 절망에 빠뜨려버렸다.

붓, 벼루, 먹, 종이는 문방사우이거니와 이는 문학에서 시와 소설과 희곡일 것이다. 그러나 위대한 영웅도 거룩한 성자도 아 닌 우리 범속한 이들의 삶은 문방사우 옆에 놓인 조촐한 연적 같은 것. 그래서 슬퍼해야 할까. 아니다, 삶은 큰길을 잠깐 벗어난 뒤안길에서 때로 순은처럼 빛나는 법. 수필가는 그 길을 걸으면서 청초한 여인을 만난다.

수필이라는 이름으로 발표되는 글은 일 년에만도 수천 편이 넘는다. 그러나 청자연적 같고, 난 같고, 학 같고, 몸맵시 난렵한 여인 같은 글은 얼마나 귀한가. 선비 정신과 서양 문학이 만나는 지점에서 쓰여진 이런 문장을 다시 만나기까지, 우리는 여러 백 년을 기다려야 할지도 모른다.

2

수필은 가로수 늘어진 페이브먼트가 될 수도 있다. 그러나, 그 길은 깨끗하고 사람이 적게 다니는 주택가에 있다. 수필은 마음의 산책이다. - 「수필」

금아 선생의 「수필」이라는 수필이 국어 교과서에 실린 다음부터 우리의 수필은 '진주빛, 혹은 비둘기빛'이 되어버렸다. 선생의 글이 너무나 훌륭한 나머지 다른 유類의 수필이 묻혀 버리게 된 것이다.

생각해 보면 수필의 특성은 '청자연적'의 작고 아담함이나, '난'과 '학'의 품격만으로 제한되는 것은 아니다. '주택가에' '깨끗'하게 단장된 '포도鋪道'만이 수필인 것도 아니고, '산책'처럼 '한가'한 것만이 수필도 아니다.

지사풍志士風의 강개慷慨한 글을 득의得意로 삼을 수 있음은 설의식 선생의 「헐려 짓는 광화문」을 읽어보면 알 일이요, 감흥에 있어서는 똑같이 고조되어간다 하더라도 조지훈 선생의 「무국어撫菊語」는 비감悲感의 맛이 설의식의 그것과는 다르다.

그런 가운데 금아 선생의 수필은 단아하고 간결하며, '온아'하고 '우미'함으로써 독보적인 경지에 이르렀다. 그 맛, 그 멋을 다른 이가 어찌 흉내낼 수 있으랴.

"글은 그 사람이다"라는 말이 있으니, 내가 아직도 금아 선생의 글을 멀리서 흠모만 할 뿐 다가가지 못하는 것은 아직 그분의 마음을 얻지 못한 까닭일 터이다. 문학적 기법의 숙달 이전에, 그분의 깨끗한 삶을 다 본받지 못한 까닭일 것이다.

3

오월은 금방 찬물로 세수를 한 스물한 살 청신한 얼굴이다.

하얀 손가락에 끼어 있는 비취 가락지다.

오월은 앵두와 어린 딸기의 달이요, 오월은 모란의 달이다.

그러나 무엇보다도 오월은 신록의 달이다. 전나무의 바늘잎도 연한 살결같이 보드랍다. ─「오월」

가장 금아 선생다운 글맛은 청淸과 신新 사이에 있다. '청'은 맑고, '신'은 새롭다. 맑기에 새롭고, 새롭기에 맑은 오월. 그 오월이 가장 금아다운 간결하고 산뜻한 표현 속에 지금 여기에 와 있다.

지난 오월도 아니고 다가올 오월도 아닌, 지금 이 순간의 오월. 어언 이 글이 쓰여진 지도 50여 년이 되었고, 스물한 살 젊음을 말하던 선생 또한 구순九旬의 노옹老翁이 되었다. "머문 듯 가는 것이 세월인 것을." 이렇듯 끝내 머물 수 없는 것이 세월이요 삶이런가. 다만 작가가 남긴 글만이 스물한 살 청신한 얼굴로 그가, 그리고 우리가 한때 젊었었다는 것을 말해주고 있다.

4

봄은 새롭다. 아침같이 새롭다. 새해에는 거울을 들여다 볼 때나 사람을 바라다 볼 때 늘 웃는 낯을 하겠다. - 「신춘」

"봄은 새롭다. 아침 같이 새롭다."

다섯 음절 두 낱말만으로 한 문장을 짓는다. 그 다음은 일곱 음절. 다섯과 일곱 음절에는 리듬이 있다. 예전 선비들이 읊던 오언五言, 칠언시七言詩의 음절 수가 다섯과 일곱인 것은 우연한 것이 아니다.

그러나 간결만이 금아 수필의 글맛을 이루는 것은 아니다. 간결 뒤의 만연漫然, 비약에 뒤따르는 따뜻한 어루만짐. 부연敷衍없이 생략된 문장 사이로 봄 기운이 신선하게 스며들 때, 독자의 얼굴에는 삶에의 고운 긍정이 떠오른다.

남을 향한 긍정, 세상을 향한 이해. 그러나 나 자신도 빼놓지 말자. 우리는 엄숙한 도덕 군자이고만 싶은 게 아니니까. '거울을 바라다보며' 자신을 향해 '웃는 낯을' 하는 한 그에게 삶은 살 만한 것. 위선을 벗고 정직 앞에서 설 때 행복은 마음 가운데 봄을 잉태하는 법.

5

1월이 되면 새봄은 온 것이다. 자정이 넘으면 날이 캄캄해도 새벽이 된 거와 같이, 날씨가 아무리 추워도 1월은 봄이다. 따뜻한 4월, 5월은 어떻게 하느냐고? 봄은 다섯 달이라도 좋다. ─「신춘」

봄에 대한 선생의 사랑은 유별나기도 하다. 피터팬이 영원한 소년이듯이 금아 또한 영원한 소년, 그것도 봄의 '아이'인 것이다.

인도 시인 타고르는 어렸을 때, 동트는 아름다움을 행여 보지 못할세라 새벽마다 일어나 동쪽 숲으로 달려갔다고 하거니와 봄을 기다리는 선생의 마음은 여늬 사람보다 두 달이 더 빠르다.

"말은 어눌하게, 그러나 행동은 민첩하게"라는 『논어』의 말씀을 빌려 "만사를 여유롭게, 그러나 기쁨에는 기민하게"라고나 해야 할 선생의 마음씨가 생생히 움직이고 있는 문장이다.

6

얼마 전에 잘못 걸려 온 전화를 받았다. 문득 들리는 꾀꼬리 같은 목소리였다. 그리고 "미안합니다"하는 신선한 웃음소리는 나에게 갑자기 봄을 느끼게 하였다. 나는 이 이름 모를 여자에게 감사의 뜻을 갖는다. -「신춘」

봄은 여자이고, 여자 가운데서도 처녀이다. '봄처녀'라는 노래는 있어도 '봄여인'이라는 노래는 없지 않은가. 하물며 '봄사나이'라니, 이는 입에 올리기 민망한 말이 될 것이다.

그때 전화를 건 이는 '새 풀 옷을 입'고 '진주 이슬'을 '신'은 '봄처녀'였을지도 모른다. 아니면 황진이 같고 아그니스 같은 우아한 여성을 아끼는 선생의 마음이 보통의 목소리를 봄 소식으로 들었는지도.

그리하여 모든 것은 마음이다. 봄을 사랑하는 마음은 목소리에서 신선함을 듣고, 곱고 순결한 마음은 봄에서 고마움을 느낀다.

7

'슬픈 일을 많이 보고, 큰 고생을 하여도' 나는 젊었을 때보다 오히려 센티멘털하지 않다. 바이올린 소리보다 피아노 소리를 더 좋아하게 되었고, 병든 장미보다는 싱싱한 야생 백합을, 신비스러운 모나리자보다는 맨발로 징검다리를 건너가는 시골 처녀를 대견하게 여기게 되었다. "11월의 어느 토요일 오후는 황혼이 되어가고 있었다."라는 소설 배경을 좋아하던 나는, "그들은 이른 아침, 바이올렛빛, 또는 분홍빛 새벽 속에서 만났다. 여기에서는 일찍이, 그렇게 일찍이 일어나야 되었기 때문이었다."라는 시간 배경을 좋아하게 되었다. – 「신춘」

늘어서 소년을 잃는 것은 몸이지 마음은 아니다. 슬픔과 고통은 지혜를 주지마는 반드시 비관悲觀까지 주는 것은 아니다. 새로 돋아나는 풀잎을 반가워하고, 비둘기 털에서 윤기가 나는 것을 즐거워하는 한, 설령 중절모를 쓰고 지팡이를 들었다 할지라도 그는 어른인 한편으로 또한 아이이다.

건강은 신비보다 매력적이고, 새벽은 황혼보다 마음을 끈다. 살아 있음은 원숙함이기 이전에 발랄함인 것. 설레는 마음으로 일찍이, 아주 일찍이 새벽에 깨어나는 호기심인 것.

8

내게 효과가 있는 다만 하나의 강장제는 따스한 햇볕이요, '토닉' 이 되는 것은 흙냄새다. -「조춘」

자욱이 눈 내려 천지가 은백銀白 세상으로 바뀐 날, 미약한 겨울해가 비친다. 그런 날, 양지바른 뜰에 홀로 앉아 볕을 쬐어 본 어린 시절이 있는가. 그 한나절, 내게는 문득 영원이었다.

사월. 봄이지만 새벽 공기는 아직도 찬데, 갈아 뒤엎어진 복사꽃밭에 안개가 자욱하다. 그때 방울진 이슬이 검은 흙에 젖어들며 품어내는 냄새를 맡아 본 적이 있는가. 그 냄새, 내게는 문득 영혼이었다.

몸을 건사하기 위해 약국을 찾을 수는 있다. 그러나 마음을 위하여 찾아갈 곳은 어디인가. 영원과 영혼을 위한, 자연은 우리가 마침내 돌아가야 할 한없는 축복이다.

9

어제 나는 외투를 벗어버리고 거리에 나갔다가 감기가 들었다. 그러나 오래간만에 걸음걸이에 탄력이 오는 것을 느꼈다. 충분한 보상이다.

겨울이 되어 외투를 입는다는 것은 기쁜 일이다. 봄이 되어 외투를 벗는다는 것은 더 기쁜 일이다. – 「조춘」

정직한 사람은 치장을 멀리하고, 솔직한 사람은 마음의 외투를 벗는다. 그러나 세상은 가끔 정직을 초라하게 여기고 솔직을 가난하게 여기나니, 우리는 때로 감기에 걸리는 수가 있다.

그러나 감기가 아닌가. 폐렴이라면 모를까 감기쯤이라면 얼마든지 앓아 줄 용기가 우리에겐 있다. 정직으로 기다리는 봄, 솔직으로 맞는 신선함을 사기 위해서라면, 그 정도는 기꺼이 지불해볼 만한 거래인 것이다.

10

'인생은 사십부터'라는 말은 인생은 사십까지라는 말이다. 그러니 사십부터는 여생인가 한다. 사십 년이라면 인생은 짧다. 그러나 생각을 다시 하면 그리 짧은 편도 아니다. 나비나 나이팅게일의 생명보다 인생은 몇 갑절이 길다.

민들레와 바이올렛이 피고, 진달래 개나리가 피고, 복숭아꽃, 살구꽃 그리고 라일락 사향장미가 연달아 피는 봄, 이러한 봄을 40번이나 누린다는 것은 적은 축복이 아니다. 더구나 봄이 마흔 살이 넘은 사람에게도 온다는 것은 참으로 다행한 일이다. - 「봄」

이로써 보더라도 맑은 기쁨은 역시 소욕少欲에서 나온다. 백수百壽로도 오히려 짧게 여겨지는 것이 인생이거늘 어떻게 사십부터를 여생으로 여길 수 있는 것일까. 그러나 그런 마음이기에 투명하고, 그런 여유이기에 유머러스하다.

삶의 복 가운데 으뜸은 청복淸福이다. 붓다와 셰익스피어가 말하듯이 적게 갖고 크게 만족하는 마음이야말로 '으뜸 재산'인 것이다. 그 재산을 얻기까지, 다투어 피어나는 고운 봄꽃을 진정으로 즐길 수 있게 되기까지, 우리는 더 많이 갖기보다 조금이나마 덜어내기에 능숙해져야만 할 것이다

11

(봄을 생각하면) 녹슨 심장도 피가 용솟음치는 것을 느끼게 된다. 물건을 못 사는 사람에게도 찬란한 쇼윈도는 기쁨을 주나니, 나는 비록 청춘을 잃어버렸다 하더라도 비잔틴 왕궁에 유폐되어 있는 금

으로 만든 새를 부러워하지 않는다. ─「봄」

금으로 만들어진 새는 자기가 금인 줄을 모르고, 불빛 아래 눈부신 명품은 자기가 비싼지를 모른다. 오직 사람이 있어서, 그리고 그에게 마음이 있어서 그것이 금이요 명품인지를 알며, 그렇게 물건은 인간의 삶에 편입된다.

그러나 어쩌랴. 화려하고 싶어도 가진 것이 적고, 눈부시고 싶어도 재능이 미치지 못할 때, 우리는 우리 자신을 위로해야 한다. 화려한 공작이 아닐지라도 살아 있으므로 나는 금새보다 값지고, 명품 보석은 살 수 없을지라도 내게는 자족自足이라는 명품이 있다고 생각해야 한다.

남의 것을 바라보며 그것이 남의 것임을 잊을 수 있을 때, 그것의 눈부심을 그 자체만으로 내 마음에 편입해들일 수 있을 때, 자족이라는 명품을 가진 선비의 마음에는 조건도 없고 까닭도 없는 기쁨이 샘물처럼 차오른다.

12

스물한 살이 나였던 오월. 불현듯 밤차를 타고 피서지에 간 일이 있다. 해변가에 엎어져 있는 보우트[1], 덧문이 닫혀 있는 별장들. 그러나 시월같이 쓸쓸하지는 않았다. 가까이 보이는 섬들이 생생한 색이었다.

得了愛情痛苦
失了愛情痛苦

젊어서 죽은 중국 시인의 글귀를 모래 위에 써놓고 나는 죽지 않고 돌아왔다.

신록을 바라다 보면 내가 살아 있다는 사실이 참으로 즐겁다.

내 나이를 세어 무엇하리. 나는 지금 오월 속에 있다. —「오월」

동화 작가로서 내가 절망하는 것은 생텍쥐페리가 『어린 왕자』를 써버렸다는 것이요, 수필가로서 내가 한숨짓는 것은 금아 선생이 「오월」을 써버렸다는 것이다.

「오월」은 불과 355 자밖에 되지 않는 짧은 글이다. 그러나 그

---

[1] 현재의 맞춤법은 외국어의 장음을 표기하지 않는 것을 원칙으로 삼고 있지만 이 경우에 한하여 '보우트'를 '보트'로 표기해서는 안 될 것이다. 문학은 때로 자신이 원하는 효과를 획득하기 위해 규칙을 파괴하는 경우가 있는데, 이 경우가 그에 해당된다. '보우트'가 '보트'가 되어서는 안 되는 것은 그 뒤에 이어지는 구절과 관련이 있다. "해변가에 엎어져 있는 보우트"라는 앞구절은 "덧문이 닫혀 있는 별장들"이라는 뒷구절과 짝對句를 이루고 있다. '보우트'는 뒤에 나오는 '별장들'과 같이 세 음절이어야만 운율상 짝이 맞는다는 의미이다.

것은 시詩이자 소설이며, 아픔을 숨기고 긍정을 노래하는, 수천 글자 이상을 담고 있는 인생의 드높은 찬가이다.

청신한 오월의 현재를 말하던 작가는 문득 스물한 살 아팠던 과거로 돌아가고, 다시 현재의 오월로 돌아와 신록을, 그리고 삶의 눈부심을 말한다. 그 사이에 무슨 일이 있었던가. 아아, '불현듯'이라는 한마디 말만으로 실연의 이야기를 생략한 절제를 보라. 그런 다음 넌지시 중국 시인의 글귀를 인용함으로써 저간의 사정을 암시하는 수법을 보라.

그러고나서 홀연 무대無對의 한 문장이 나타나 읽은 이의 숨을 멎게 만든다. "젊어서 죽은 중국 시인의 이 글귀를 모래 위에 써놓고 나는 죽지 않고 돌아왔다."라니! 거기 사랑과 그 아픔은, 그럼에도 불구하고 살아가야 하는 눈부신 삶은 죽음을 넘어선 경지로 드높여지고 있다.

이양하 선생은 「신록 예찬」이라는 글을 썼지만, 그것은 '설명'의 글이지 '표현'의 글은 아니다. 설명은 이해를 요청하며 머리에 호소하지만 표현은 감동을 요구하며 감성에, 그리고 몸에 다가온다.

금아 선생은 신록을 예찬하면서도 신록을 예찬하는 직접적인 말은 가능한 자제한다. 다만 절망 가운데 만난 신록을, '닫혀' 있는 별장과 '엎어져' 있는 보우트 저 편에서 싱싱한 기운을 뿜어내는 '섬들'의 '신록'을 '바라다' 볼 뿐이다.

그리고 그것만으로 살아 있음의 즐거움과 나이를 잊는 경지에 도달한다. "성근 채소를 먹고 팔을 베고 누워 있어도 즐거움이 그 가운데 있음."은 옛 성인의 경지였거니와 금아 선생은 신록을 바라보며 실연의 아픔을 잊는다. "배우는 것을 즐겨 잠자고 먹는 것을 폐함." 또한 옛 현자의 경지였거니와 금아 선생은 살아 있다는 그 사실만으로 흔연히 기쁨을 누린다.

금아 선생의 「오월」 같은 글은, 내가 아는 한 우리의 글, 중국의 글, 나아가 셰익스피어 가운데에도 없다. 이 글로써 선생은 천하에 금아는 오직 금아 한 사람뿐임을 드러내고 있는 것이다.

13

울고 있는 나를 달래느라고 선생님은 색종이를 주셨다. 그 빨간빛 파란빛 초록 연두 색깔이 그렇게 화려하게 보이던 일은 그 후로는 없다. 아깝고 찬란한 다시 못 올 시절이다. ─「찬란한 시절」

찬란한 사람은 찬란함의 진정한 의미를 알지 못할지도 모른다. 그러나 우리 찬란하지 않은 이들은 저 찬란한 사람들이 모르는 우리만의 찬란함을 안다고, 그것이 내 것이 된 적이 있다고 믿는다.

찬란한 이의 찬란함은 찬란함만으로 충만해 있겠지만 우리의 찬란함에는 눈물이 어려 있다. 그리하여 우리의 찬란함은 '황홀 찬란하거나 진하지 않고' '번쩍거리지 않'는다. 눈물로 씻어낸 찬란함이기에 그것은 '언제나' '온아우미溫雅優美'한 '비둘기빛이거나 진주빛'인 것이다.

능력이 부족하여 자신이 품은 꿈에 다 미치지 못함不及은 슬픈 일이다. 그러나 그 슬픈 사람에게도 자연은(신은, 운명은) 그윽한 은혜를 베푸나니, 아름다운 추억에 잠기는 순간이 그것이다. 삶에 지칠 때 우리는 추억에 잠겨 눈물 흘리던 어린 날을 기억한다. 그 어린 날 만난 찬란함을 떠올리며 자신을 위로한다.

14

이제 그들도 늙었으리라. 새삼 무상無常을 말하여 무엇하리오. 늙는 것이 인생인 것을. 지금 저기 베이지색 바바리를 입은 서영이가 까만 백을 어깨에 걸고 가벼운 걸음걸이로 캠퍼스를 걸어가고 있다. 모든 미래를 앞에 두고 조춘早春같이 걸어가고 있다. 내년, 아니 후년 봄에는 예전의 나의 코에드들처럼 완전한 자유를 주어야 되겠다. ―「서영이 대학에 가다」

어제 젊었던 인생이 오늘 늙어간다. 노인에게도 베이지색 바바리는 곱고, 가볍게 걸어가는 성장한 딸을 바라보는 눈길은 고 맙다. 그렇게 한 세대는 가고, 다른 한 세대가 온다. 거기, 삶의 아름다움이 있고, 또한 슬픔이 있다.

일단은 슬픔이다. 그러나 아름다움과 함께하는 슬픔이기에 그것은 단순한 슬픔, 삶을 부정하며 바라보는 슬픔이 아니다. 아름다움이 그 위에 어른거린다. 그리하여 슬픔은 도리어 우리의 마음을 위로하나니, 예술은 이렇듯 비애미悲哀美를 삶에 편입시킨다.

15

예전 내 책상 앞에는 날마다 한 장씩 떼어 버리는 달력이 있었다. 얇은 종잇장이라 금요일이 되면 바로 밑에서 기다리고 있는 파란 토요일이 비친다. 그러면 나는 금요일을 미리 뜯어버리는 것이었다. 그리고 일요일 오후가 되면 허전함을 느꼈다. 그러나 얼마 안 있어 희망에 찬 토요일은 다시 다가오곤 했다.

하루에 한 장씩 뜯는 달력에 하루하루 날짜를 지우며 토요일을 기다린다. 내 이미 늙었으나, 아낌없이 현재를 재촉하여 미래를 기다린다. 달력을 한 장 뜯을 때마다 늙어지면서도 나는 젊어지는 것을 느낀다. ─「토요일」

붓다는 인류의 대스승으로서 "지금 이 순간을 보석으로 여기라."라고 말한다. 그러나 금아는 성자가 아니라 문학가이다. 그리하여 "과거를 추억하는 것은 미련이 남아 있기 때문이요, 미래를 기대하는 것은 욕망이 있기 때문이다."라는 붓다의 말씀을 따르지 않는다.

수필가는 세상을 버린 출가자가 아니라 세상을 사랑하는 문학가이며, 사랑을 집착으로 보아 초월하려는 수행자가 아니라 사랑을 구원의 길이라고 믿는 정인情人이다. 그리고 같은 정인으로서 우리는 붓다의 초월을 존경하면서 금아의 다정함을 사랑한다. "다정도 병인 양하여 잠 못 들어 하노라."라고 탄식을 하는 때가 없지는 않지만 우리에게 있어서 다정다감은 고통스러운 상傷心인 한편으로 나를 위로하는 아름다움의 장場인 것이다.

16

이슬에 맺힌 거미집을 아침 햇빛에 보신 적이 있습니까? 이는 진정 아름다움의 초대입니다. 이같은 보석은 '티파니'에도 없습니다.
―「초대」

수필가는 이슬에 맺힌 거미집에 비친 햇빛에서 '티파니'의 보석보다 더 귀한 아름다움을 본다. 그리고 누구에게나 그런 귀한 아름다움이 있게 마련이다. 삶은 저마다 자신의 것. 남들에게는 아무것도 아닌 것이라 할지라도 나에게는 보석보다 더 귀한 것, 보석보다 더 아름다운 것이 있게 마련인 것이다.

그런 마음으로 나는 이렇게 쓴 일이 있다.

어린 왕자, 백합, 아득함, 하늘, 별, 푸른 사과, 포도, 쓸쓸함, 마음 가난함, 홀로 된 가인歌人의 노래, 미묘한 소리의 울림, 기차 여행, 여름, 풀꽃, 이름 없는 새, 숲속에 비치는 햇살, 비 온 뒤의 앞산, 고요, 어린 아기, 순간적인 슬픔, 문득 안개가 어리는 소년의 눈빛, 정직, 동경憧憬, 첫입맞춤, 창窓, 그대 목소리, 은사시 나무, 흐느끼는 빗발, 혼자 듣는 피아노 소리, 7일간의 휴가, 강물, 미소, 먼 애모愛慕, 덧없음, 신화神話, 뻐꾸기 소리, 안타까움, 노을빛 종소리, 잠의 나라, 여신女神, 메아리, 여백餘白, 우리 둘만이 아는 몇 가지 비밀, 이유 없는 기쁨, 갈대 피리, 플루트…. – 김정빈, 「이니스프리 호수섬」

2. 녹음이 짙어가듯 그리운 그대여

— 엄마, 서영이, 여인, 사랑

17

여기에 나의 한 여상女像이 있습니다. 그의 눈은 하늘같이 맑습니다. 때로는 흐리기도 하고 안개가 어리기도 합니다. 그는 싱싱하면서도 애련합니다. 명랑하면서도 어딘가 애수가 깃들고 있습니다. 원숙하면서도 앳된 데를 지니고, 지성과 함께 한편 어수룩한 데가 있습니다. – 「구원의 여상」

아름다움은 조화에서 오고, 우아함은 중용에서 온다. 싱싱하면서 어찌 애련할 수 있으며, 명랑하면서 어떻게 애수가 깃들 수 있으랴. 그러나 그러기에 조화요, 그럼으로써 중용이다. 앳되어 어린이 같으면서도 원숙하여 노현자老賢者 같은 이는 '어린 왕자'요, 지성이 극에 이르렀으면서 소탈하기 범부凡夫 같았던 이는 아인슈타인이 아니었던가. 그러나 그런 이를 만나기는 얼마나 어려운가.

여성은 남성이 마침내 이르고 싶어하는 아늑함이요, 그중에서도 여성의 진정한 여성성은 지친 남성에게 위로자로 등장할 때 드러난다. 삶의 슬픔에 지친 우리 남자들을 부드러운 가슴에 품어 다독이는 동안 공감의 눈물 글썽이는 그녀들.

어디 금아 선생뿐이랴. 그가 남자라면 응당 영원히 해소되지 않는 갈증이 있으리니, 마른 사막의 오아시스 같은 여성을 만나는 것, 그녀와 더불어 비 온 뒤 하늘에 잠깐 비치는 무지개 같은 꿈을 꾸는 것이 그것이리라.

18

그는 과거의 인연을 소홀히 하지 아니합니다. 자기 생애의 일부분인 까닭입니다. 그는 예전 애인을 웃는 낯으로 만날 수 있습니다. 그는 몇몇 사람을 끔찍이 아낍니다. 그러나 아무도 섬기지는 아니합니다. ─「구원의 여상」

구원久遠의 인간상도 여성이요, 최악의 인간상도 여성이다. 역사상 가장 고귀했던 것은 역사에 이름을 남기지 않은 수억의 여인과 어머니와 딸들이었고, 역사에 이름을 남긴 사람 가운데 가장 추악한 것은 황후와 왕비와 귀부인 중 몇몇이었다.

소중했던 과거를 잊지 못하여 여성은 정에 휩쓸리고, **뼈아팠**던 배반을 잊지 못하여 여성은 옛 애인을 미워한다. 그러나 여기 구원의 여성이 있다. '몇몇 사람을 끔찍이 사랑하되 아무도 미워하지 않는', '아무도 섬기지 않되 많은 이들을 좋아하는', 독립적이되 자상하고, 독특하되 유별나지 않은 여성상이 있다.

원컨대 나의 삶에 그런 여성이 있기를. 둘도 말고 딱 한 사람만 있기를.

19

콩코드에서 에트왈르를 향하여 샹젤리제 걷기도 할 그대와 같이, 그대가 말한 그 아름다운 종소리들이 들려옵니다. – 「파리에 부친 편지」

파리를 여행해본 이는 행복하리라. 그러나 지명 자체만으로 예술을 의미하는 그곳에 가보지 못한 이들 또한 행복하리니, 그들에게는 거기에 가볼 수 있는 꿈이 있기 때문이다.

그 꿈이 단지 에펠탑에 오르고 세느강을 바라보며, 루브르 박물관에 들르는 그것만일 수는 없는 일, 파리라면 응당 여인이, 유행의 최첨단을 걷는 키 크고 활달한 여성이 있어야 한다. 그러나 그들만으로도 파리는 아직 반밖에 파리가 아니니, 앙드레

지드가 창조한 『좁은 문』의 알리사 같고 줄리엣 같은 여성이 있을 때라야 파리는 마침내 파리이리라.

예술이 진정 예술인 것은 거기에 삶의 아픔이 스며 있기 때문인 것. 삶의 아픔을 삭이며 눈물 사이로 넌지시 웃음을 띠기 때문인 것. 그 웃음 너머로 은은한 종소리가 울려 내 죽는 그날까지 들려오기 때문인 것.

20

개선문은 나폴레옹과 그의 군대를 위하여서가 아니라, 영원한 애인들을 위하여 그리고 그대와 같은 외로운 나그네를 위하여 서 있습니다. – 「파리에 부친 편지」

영웅은 세상을 앞에서 이끌지만 그는 마차에 매인 말에 지나지 않는다. 그가 끄는 마차에 올라 삶을 진정으로 향수하는 이는 오히려 범속한 우리들. 그중에서도 지금 이 순간 사랑에 빠져 있는 애인들이다.

그러니 군대의 영웅이 되지 말라. 광장의 스타가 되지 말라. 군중으로부터 멀리 떨어져 자작나무 우거진 숲길, 혹은 연꽃 맑게 핀 못가를 거닐면서 단 한 사람만의 영웅, 단 한 사람만의 스타가 되라. 그때 우리가 걷는 그 숲길이 어찌 개선문 길이 아니겠는가. 그 연못에 핀 꽃이 어찌 왕관이 아니겠는가.

21

헤어지면 멀어진다는 그런 말은 거짓말입니다. - 「파리에 부친 편지」

"헤어지면 멀어진다."고 영국 사람은 말한다. "가는 자 날로 멀다."고 중국 사람은 말한다. "안 보면 잊혀진다."고 우리는 말한다. 그러나 이것은 보통사람의 말이다. 절실하게 사랑하는 사람은 보통사람이 아니다. 사랑은 그리움인 것. 그리움은 멀어질수록 더욱 사무치나니, 애인은 멀어질 때 더욱 가까워진다.

그러므로 "헤어지면 멀어진다."는 말이 참말로 들리거든 아직 사랑이 찾아오지 않았음을 알라. 보이지 않는 그가(그녀가) 눈앞에 있던 때보다 더 그리울 때까지 그 사랑은 아직은 정말로 사랑은 아니니, 아, 우리는 마침내 그 사랑을 알게 될까. 그런 사랑으로 충만한 삶을 얻을 수 있을까.

22

녹음이 짙어가듯 그리운 그대여. 주고 가신 화병에는 장미 두 송이가 무서운 빛깔로 타고 있습니다. 그러나 그것은 될 수 없는 일입니다. 우리는 나이를 잃은 영원한 소년입니다. – 「파리에 부친 편지」

이성은 울타리와 벽을 쳐서 나에게서 욕심이 넘치지 않도록 제어하지만 사람에게는 이성으로는 가두기 어려운 감정의 영역이 있다. 때로 그 영역에서 사랑의 장미는 '무서운 빛깔'로 타오르는 법, 이것이 성자가 아닌 여늬 사람들의 삶이다.

그러나 시인이자 수필가인 그는 여늬 사람이 아니다. 그는 사랑의 무서움 앞에 잠시 멈춰 서서 '나이를 잃은 영원한 소년'을 회복한다. 성자이기에는 범속하지만 범속 자체로까지는 함몰하지 않는, 범속한 일상에 고귀한 빛 한 줄기를 끌어들이는, 예술가는 '일상의 성자'[2]이다. 사랑이 윤리 밖으로 넘치려 할 때 그는 아슬아슬한 균형을 잡는다. 그리하여 마침내 평정의 지경地境에 이른다.

23

한 주일이 그리 멀더니 일 년이 다가옵니다. 가실 때 그렇게 우거졌던 녹음 위에 단풍이 지고 지난 겨울에는 눈도 많이 오더니, 이제

---

[2] 어느 시인이 피천득 선생을 '일상의 성자'라고 표현한 적이 있다.

라일락이 자리를 물러서며 신록이 짙어 갑니다. 젊음 같은 신록이 나날이 원숙해집니다. ─ 「파리에 부친 편지」

'멀어지면 잊혀지는' 것이 아니라 멀어지면 깊어진다. 한 주일을 멀게 느끼던 마음은 원숙한 녹음으로 우거지고, 마침내 자욱한 눈으로 내린다. 꽃이 피고 꽃이 진다. 가을이 깊어지는 계절, 붉고 노란 잎사귀들의 빛깔이 선명하다.

세월이다. 그리고 그 세월 사이로 삶이 무늬를 지으며 흘러간다. 이렇게 삶은 사랑과 함께 깊어지는 것. 그리고 얼마 안 지나 나는 한 장 낙엽 되어 세상으로부터 떨어져내리는 것, 그렇게 멀어지는 것.

그렇게 떨어져내려 멀어지고 난 뒤, 나를 사무치도록 기억해 줄 사람이 있을까. 그걸 바라 무엇하랴. 여기 신록이 젊음을 감싸며 눈부시게 빛나고 있는데!

24

파리의 하늘은 변하기 쉽다지요, 여자의 마음 같다고. 그러나 구름이 비치는 것은 물의 표면이지 호수의 깊은 곳은 아닐 것입니다. 날이 흐리면 머리에 빗질 아니하실 것이 걱정되오나, 신록과 같은 그 모습은 언제나 새롭습니다. ─ 「파리에 부친 편지」

한 번 사랑한 사람을 그리워하며 삼십 년을 수절하는 것은 남자가 아니라 여자이다. 그리하여 여자의 마음은 갈대이지만 사랑하는 여자의 마음은 갈대의 뿌리이다. 바다의 표면이 흔들릴 때에도 깊은 곳은 무섭도록 고요하듯이, 참으로 사랑을 아는 여인의 마음은 흔들리는 가운데서도 영원하다.

사람이기에 흔들리고, 사랑이기에 튼튼한 그녀의 마음. 비록 보아 주는 이 없는 머릿결일지라도 그녀는 늘 단정하게 빗어 찰랑찰랑 어깨 위에서 물결치도록 마음을 쓴다. 그것은 어쩌면 떠나간 애인에게 순결하지 못한 행위가 될지도 모른다. 그러나 여자인 이상 어찌 애인 아닌 멋진 남자들의 시선을 의식하지 않을 수 있겠는가.

긴장하는 여인은 밉다. 그러나 긴장을 아주 놓아버린 여인은 더욱더 밉다. 약간의 긴장은, 내 남자 아닌 남자의 눈을 의식하는 여자의 살가운 매무새는 정숙함 가운데 반짝 빛나는 생의 액세서리 같은 것이다.

25

여성의 미는 생생한 생명력에서 온다. 맑고 시원한 눈, 낭랑한 음성, 처녀다운 또는 처녀 같은 가벼운 걸음걸이, 민활한 일 솜씨, 생에 대한 희망과 환희, 건강한 여인이 발산하는, 특히 젊은 여인이 풍기는 싱싱한 맛, 애정을 가지고 있는 얼굴에 나타나는 윤기, 분석할 수 없는 생의 약동, 이런 것들이 여성의 미를 구성한다. — 「여성의 미」

　어찌 여성의 미만이 그러하랴. 남성의 미, 어린아이의 미 또한 마찬가지가 아니겠는가. 그러나 그런 미는 오로지 여성만의 것이라고 생각하는 사람이 페미니스트요, 그 점에서 금아 선생은 진짜 페미니스트이다.

　신은 왜 남자를 만든 '다음에' 여자를 만든 것일까. 순서로 보아 어머니를 만든 다음에 다른 남자를 만들어야 하지 않겠는가. 선인들이 무어라 했든, 학자들이 뭐라고 하든 여성은 생명 그 자체로서 신의 호흡에 깃들어 있었고, 여자와 어머니는 남자보다 먼저 그로부터 탄생한 존재이다.

26

　구원의 여상은 성모 마리아입니다. 단테의 '베아트리체', 루브르 박물관에 있는 헤나Henna의 〈파비올라〉입니다. 둘이서 나란히 걸어가기에는 좁은 길이라고 믿는 알리사이기도 합니다.

　그러나 또한 "불타오르던 과거를, 쌓이고 쌓인 재가 덮어버린 지금은 당신을 다시 만나고 싶어 해도 되겠지요. 언제라도 볼일이나 유람차 님므 부근에 오시거든 에그비브에도 들러 주세요." 이런 편지를 쓴 줄리엣도 구원의 여상입니다. - 「구원의 여상」

종교의 극치는 어느 경우나 여성성과 관련된다. 복음서에서는 그리 중시되지 않는 마리아가 하느님의 어머니로 숭배된 것도, 붓다가 말하지 않았던 관세음보살이 후대에 이르러 신앙의 대상이 된 것도 그들의 여성성과 관련이 있다.

문학도 예외가 아니었다. 단테는 『신곡』에서 자기 생애에 두 번밖에 만나지 않았던 여인 베아트리체를 천사의 격에 오른 고결한 여인으로 만들었다. 괴테는 『파우스트』에서 여인 그레첸의 죽음을 통해 "영원히 여성적인 것이 우리를 구원한다."고 선언하였다.

그리고 여기 『좁은 문』의 두 여인이 있다. 사촌인 제롬을 똑같이 사랑하지만 동생은 언니를 위해, 언니는 동생을 위해 양보의 길을 간 줄리엣과 알리사. 그런 끝에 언니는 종교의 길에서 죽고, 동생은 세속의 길가에 앉아 한숨짓는다. 그리고 오랜 세월이 흐른 다음 살아 남은 줄리엣은 제롬을 향해 말한다. "이제는 그리워해도 되겠지요."라고. "세월 너머 머나먼 저 편에 서게 된 이제 와서는, 오빠, 오빠를 그리워해도 되겠지요."라고.

'사랑'이라는 무서운 말이 '그리움'이라는 아픈 말로 대체된 이

구절을 읽을 때, 우리는 마리아나 관세음 같은 머나먼 구원의 여상이 아닌, 우리 곁의 가까운 구원의 여상을 만난다.

27

동짓달 기나긴 밤을
한허리를 둘에 내어
춘풍 이불 아래
서리서리 넣었다가
어른님 오시는 날이면
굽이굽이 펴리라.

진이는 여기서 시간을 공간화하고 다시 그 공간을 시간으로 환원시킨다. 구상具象과 추상抽象이, 유한有限과 무한無限이 일원화되어 있다. 그 정서의 애틋함은 말할 것도 없거니와 그 수법이야말로 셰익스피어의 소네트 154수 중에도 이에 따를 만한 것은 하나도 없다. 아마 어느 문학에도 없을 것이다. -「순례」

황진이黃眞伊. 미인이었고, 거문고의 명인이었으며, 자존심이 강했던 여인. 기생으로서의 삶이 어찌 반드시 낭만적이기만 했겠는가. 누구에게나 아픔은 있게 마련. 문제는 그것을 예술로

달래고 문학으로 승화시킬 수 있느냐의 여부이거니와 그녀가 그러했다.

아주 오랜만에 다시 뵙던 날, 금아 선생은 황진이를 이야기하셨다. 그러면서 언급하신 작품이 「동짓달 기나긴 밤」이었다.

그녀가 없었더라면 우리의 여성 문학은 매우 적조했을 것이다. 우리 역사가 4천 년을 자랑한다지만 난설헌蘭雪軒을 제한다면 멋진 여성 시인은 많지 않다. 난설헌의 작품이 중국 시인의 것을 옮긴 데 불과하다는 학설이 제기되고 있는 이때, 진이의 시적 창조력은 더욱더 빛을 발하고 있다.

28

여왕은 우아와 자혜의 상징으로 아름다운 동화를 실현한 느낌을 준다. 영국 역사에 있어 문화가 가장 찬란하던 시대는 16세기 엘리자베스 여왕 때와 19세기 빅토리아 여왕 때이다. 우리 역사를 보더라도 신라의 선덕여왕 때와 진덕여왕 때에 그러하였다. 이는 오로지 여왕들의 총명과 자혜스러운 은덕의 결과라고 믿는다. – 「가든파티」

영국에 왕실 폐지론이 있는 것이 사실이다. 그러나 그들의 주장은 한동안 소리를 내다가 곧 잠잠해지곤 하는데, 이를 두고 민주주의에 역행하는 현상이라고 비판하는 사람이 있다. 일본이라면 모르지만 의회 민주주의를 완성한 영국이 그래서는 안 된다는 것이다.

그러나 영국인들은 많은 재정을 들여 왕실 제도를 유지하고 있다. 그뿐인가. 언젠가 영국에서는 자국 출신의 위대한 인물들을 선정하는 조사를 했는데 다이애나 왕세자빈이 2위에 선정되었다. 뉴턴, 셰익스피어, 넬슨, 다윈 등이 그 뒷자리를 차지했다고 하니, 영국인이 아닌 사람으로서는 이해할 수 없는 결과라 하지 않을 수 없다.

이로써 확인되는 것은 영국 사람들의 왕실에 대한 깊은 동경심이다. 다이애나가 왕실 사람이 아니었더라면 어떻게 처칠의 뒤를 이어 가장 위대한 영국인으로 선정될 수 있었겠는가 말이다.

그러나 이제 나는 이해한다. 처칠 같은 전쟁 영웅의 다음 자리에는 마땅히 다이애나 같은 세련되고 날씬한 여성이 있어야 한다는 것을. 아름다웠으나 남편에게 사랑받지 못한, 그리하여 외로운 나머지 가십 기사를 제공하는 외도도 했지만 가난한 이들을 돌보는 인간성도 지닌, 그리하여 여성성의 상징이 된 그녀가 영국인이 사랑하는 두 번째 자리에 오른 것을 이해하게 된 것이다.

그렇다. 삶은 크고 강한 것만이 다는 아니다.

29

엄마가 나의 엄마였다는 것은 내가 타고난 영광이었다. 나의 간절한 희망은 엄마의 아들로 다시 태어나는 것이다. -「엄마」

내가 신에게 항의하고 싶은 한 가지는 인간은 태어날 때 왜 엄마를 선택할 수 없는가 하는 것이요, 내가 금아 선생을 부러워하는 한 가지는 선생이 엄마에 대해 청초하고 우아한 이미지를 평생 동안 간직하고 계신다는 것이다.

어찌 보면 선생의 글은 모두가 다 엄마에 대한 사랑의 변주에 다름 아니다. 엄마라는 모티프 하나를 이러저러한 방식으로 조調와 풍風을 바꿔 연주하고 있는 것이다.

평생 엄마를 이야기하고, 평생 엄마 같은 여인을 찾은 금아 선생. 다음생이 있다면 다시 엄마의 아들로 나시기를. 아니면 천국에 가실 때 아기로 돌아가 엄마 품에 안기시기를. 그때 엄마 또한 젊은 시절의 그 엄마로 계시기를.

30

엄마는 우아하고 청초한 여성이었다. 엄마는 아빠가 세상을 떠난 후 비단이나 고운 색깔을 몸에 대신 일이 없었다. 폭포 같은 마음을 지닌 채 호수같이 살려고 애를 쓰다가 바다로 가고야 말았다. – 「엄마」

'엄마'는 '여인'이 아니다. 그러나 아들에게는 엄마인 그녀도 뭇 남자들에게는 여인이 아니겠는가. 그리하여 아들에게는 유유한 강물로 흐르던 엄마도 세상의 휘둘림 한가운데에서는 폭포가 되어 부딪히는 여자가 된다.

그러나 그녀에게는 영원한 애인이 있다. 세상을 떠나버려서 이제는 손을 잡아 주지도 못하고 마음을 나누지도 못하며, 남긴 거라고는 아픔과 그리움뿐인 사람일지라도 그에게 죄스러워서는 안 되는 사람이 있는 것이다.

그리하여 폭포는 강물을 지나 호수에 이른다. 한때 출렁이던 마음이 지극히 고요해진 것이다. 한참 동안 그 호수를 항해하노라면 마침내 저 멀리 드넓은 바다가 보이리니, 조촐하고 아름다웠던 우리 옛 여인들의 삶이 또한 모두 그러하지 아니하였던가.

31

나는 엄마 같은 애인이 갖고 싶었다. 엄마 같은 아내를 얻고 싶었다. 이제와서는 서영이가 엄마 같은 여성이 되기를 바랄 뿐이다.

그리고 또하나 나의 희망은 엄마의 아들로 다시 태어나는 것이다.
 -「엄마」

  '싶다.' 두 번, '바라다.' 한 번은 문학가의 말이지 영웅의 말은
아니다. 영웅에게는 '싶다.'가 한 번이면 족한 것이다. 그 다음
에 그는 행동한다. 그리하여 그의 "싶다"는 "왔노라! 보았노라!
이겼노라!"라는 포효咆哮로 바뀐다.
  거창하고 방대한 영웅의 '싶음'은 많은 사람들을 향해 나아가
고, 작고 고운 수필가의 '싶음'은 주변 사람들에게로 기운다. 그
리하여 그는 먼저 엄마와 아내와 딸(아들)을 사랑한다. 그런 다
음 폭을 넓혀 '모든 사람을 좋아하고, 아무도 미워하지 아니하'
는 지경에 이르기를 소망한다.
  그러나 수필가는 '몇몇 사람을 끔찍이 사랑하며 살고 싶다.'고
말함으로써 가장 소중한 엄마와 아내와 딸에게로 다시 돌아
온다. 그에게 과거는 엄마 몫이고, 현재는 아내 몫이며, 미래는
딸 몫이다. 우리들 또한 마찬가지이다. 수필가와 함께 우리는,
나를 끔찍이 사랑하는 사람들과 함께 과거를 추억하고 미래를
바라보면서 현재를 살아가고 있는 것이다.

32

내 일생에는 두 여성이 있다. 하나는 나의 엄마이고 하나는 서영이다. 서영이는 나의 엄마가 하느님께 부탁하여 내게 보내 주신 귀한 선물이다. – 「서영이」

과거와 미래는 아름다운데 현재는 왜 아름답지 못한 것일까.

시간 상으로든 공간 상으로든 먼 것은 신비롭고 아름다워 보인다. 남의 잔디는 내 집 잔디보다 더 푸르러 보이고, 머나먼 별은 지구보다 더 신비로워 보인다. 그러나 남의 집에 가서 보면 내 잔디가 더 푸르고, 다른 별에서 보면 지구 또한 신비로워 보일 것이다.

과거와 미래 또한 멀다는 점에서 잔디와 별에 다름 아니다. 지나간 것은 언제나 아름답고, 오지 않은 것은 언제나 희망적이다. 거리距離가 이런 마술을 부린다. 그리하여 명상가는 마술에서 깨어나 '지금 · 여기'에서 내적 평화를 찾으라고 가르친다.

하지만 우리는 명상가가 아니다. 그리하여 우리는 기도하게 된다. "신이시여, 나에게 위안을 얻을 수 있는 풍부한 유년 시절의 기억을 주시옵소서. 힘을 얻을 수 있는 빛나는 미래를 상상하게 하여 주시옵소서."라고.

33

서영이는 내 책상 위에 '아빠 몸 조심'이라고 먹 글씨로 예쁘게 써 붙였다. 하루는 밖에 나갔다 들어오니 '아빠 몸 조심'이 '아빠 마음 조심'으로 바뀌었다. 어떤 여인이 나를 사랑한다는 소문을 듣고 그랬다는 것이다. 그 무렵 서영이는 안톤 슈나크의 「우리를 슬프게 하는 것들」이라는 글을 읽고 공책에다 "나를 가장 슬프게 하는 것은 아빠에게 애인이 생겼을 때"라고 써 놓은 것을 보았다. 아무려나 서영이는 나의 방파제이다. 아무리 거센 파도가 밀려온다 하더라도 그는 능히 막아낼 수 있으며, 나의 마음 속에 안정과 평화를 지킬 수 있다. − 「서영이」

여자는 짐밖에 되지 않는다 하여 결혼하지 않는 남자가 있다. 자식은 의무밖에는 아니라 여겨 아이를 갖지 않는 부부도 있다. 이들은 삶의 비밀을 모르는 사람들이다. 우리 평범한 이들은 아내와 자식이 무엇인지를 안다.

"내가 너를 어떻게 키웠는데!"라고 말하는 부모가 있다. 그러나 내가 아는 어떤 분은 말했다. "자식이 부모에게 주는 기쁨에 비할 때 자식을 위한 나의 책무는 열 배나 가벼운 것이다."

하물며 바르고 곧은 자식임에랴. 삶은 때로 옳은 길에서 벗어나려는 유혹에 휘말리기도 하는 법. 그때 자식은 신이나 부처님보다 무서운, 우리를 지키는 든든한 파수꾼이 되어 줄 것이다.

34

현대 과학은 광맥을 파들어가는 것과 같이 좁고 깊은 통찰은 할 수 있으나 산 전체의 모습을 알기 어렵고 산 아래 멀리 전개되는 평야를 내려다 볼 수는 없을 것이다. -「딸에게」

아들딸과 한 시간 이상 대화할 수 있는 부모라면 자녀가 바른 길을 가지 못하게 될까 걱정하지 않아도 좋다. 물론 그 대화는 대화여야지 훈계여서는 안 될 것이다. 한쪽에서만 일방적으로 하는 말은 대화가 아니다. 많은 부모가 대화를 한다면서 단지 '화話'만을 할 뿐이다. '대對'가 빠진 것이다.

그러나 그나마도 다행일지 모른다. 나쁜 경우 훈계가 지나쳐 경고가 되고, 경고가 지나쳐 위협이 되기도 한다. 세상이 무섭다는 것을 너무 강조하면 경고로 들릴 수 있다. 꿈과 이상을 접어놓고 돈과 명예만을 강조하면 위협이 될 수 있다.

때로 자녀와 함께 머나먼 것에 대해 이야기해보자. 먼저 자녀의 이야기를 들어주자. 그런 다음에 듣고 싶어한다면 손을 꼭 쥐고서 나의 생각을 말하자. 인생이라는 높은 산에 먼저 올라

본 선배로서 인생의 드넓은 지평선에서 내가 본 것이 무엇이었는지를.

"동쪽 언덕에 올라 노魯 나라가 작은 것을 보았고, 태산에 올라 천하가 작은 것을 보았다."는 것은 공자의 말씀이다. 적어도 우리는 태산이라면 몰라도 동쪽 언덕에는 올라야 한다. 하지만 혹 아는가, 우리의 자녀는 내가 오르지 못한 태산에까지 오를 수 있을지.

35

이 세상에서 아기의 엄마같이 뽐내기 좋은 지위는 없는 것 같습니다. 엄마의 아기같이 소중한 것이 다시 없기 때문입니다. 아기 뺨을 가만히 만져 보면 아실 것입니다. 아기의 머리칼을 만져 보면 아실 것입니다. 그 아기는 엄마가 낳은 것입니다. 그리고 젖을 먹여 기르고 있습니다. 아기는 커가고 있습니다. 자라고 있습니다. – 「서영이와 난영이」

돈이 많고 지위가 높다며 자신을 뽐내는 사람이 있다. 그럴 때 우리는 그를 질투한다. 그가 가진 돈과 지위를 미워하기도 한다.

자기 대신 남을 뽐내는 사람도 있다. 자기가 모시는 상관이나 데리고 있는 부하를 칭찬하는 경우이다. 이럴 때 우리는 상관을 뽐내는 사람을 측은히 여기고, 부하를 뽐내는 사람에게서 너그러움을 느낀다.

그리고 또하나 다른 경우가 여기에 있으니, 아기를 가진 엄마의 뽐냄이 그것이다. 엄마가 아기를 자랑스러워할 때는 앞의 두 경우와는 다른 점이 있다. 그 뽐냄은 은근하고 행복하며, 우리의 동의를 구하는 그녀의 얼굴과 눈가에는 생글생글 미소가 돈다.

제3자에게는 못생긴 아기일지라도 엄마에게는 천사보다 이쁘게 마련이고, 실제로 그것이 진실이기도 하다. 모든 아기는 천사이며, 아기는 어떤 경우이거나 곱다. 맑기 때문이요, 순진하기 때문이다. 어리기 때문이요, 희망을 품고 있기 때문이다.

그리고 자라고 있기 때문이다. 그 아기가 자라면 어른이 된다. 뽐내도 되었던 시절은 가고, 뽐내는 순간 미워지는 존재가 되는 것이다. 아기들이여, 부디 뽐내어도 좋은 어릴 때의 맑음과 순진을 간직한 채 어른이 되어 다오.

그런 어른들로 가득한 세상이 있을까. 있다면 그곳이 바로 천국일 것이다.

36

입에 젖꼭지를 갖다 대주면 아기는 그 탐스럽게 부풀어 오른 것을 힙겹게 빱니다. 그 때 예쁜 손가락들이 엄마의 또다른 젖을 만지기도 합니다. 엄마의 젖이 둘 있다는 것은 아기에게도 엄마에게도 얼마나 복된 일일까요. ―「서영이와 난영이」

지금 먹고 있는 젖 말고 젖이 하나 더 있기에 아기는 행복하다. 엄마 또한 마찬가지. 아기의 입과 손을 모두 만족시켜 줄 수 있도록 부풀어 오른 젖이 두 개 있기에 엄마 또한 두 배로 행복해진다.

남자인 나는 아기에게 젖을 물리는 엄마가 될 수 없다. 정신의 자양분을 줄 수는 있더라도 몸의 자양분을 줄 수는 없는 나. 젖을 주는 것이 정신을 주는 것보다 훌륭하다는 점에서 나는 엄마가 될 수 없는 나 자신을 가엾게 여긴다.

비너스 조각보다는 이른 아침에 직장에 가는 영이가 더 아름답다. 종달새는 하늘을 솟아오를 때 가장 황홀하게 보인다. 그리고 나는 종달새를 화려한 공작보다도 좋아한다. 향상이 없는 행복을 생각할 수 없는 것같이, 이상에 불타지 않는 미인을 상상할 수 없다. 참다운 여성의 미는 이른 봄 같은 밝고 맑은 생명력에서 오는 것이다. - 「여성의 미」

선생의 여성에 대한 예찬은 그 배경에 이상理想이 있다는 점에서 다가가기 어려운 바가 있다. 공작은 아름다움으로써 범속한 남자들을 매혹시키지만, 선생은 자유와 이상을 향하고 있는 종달새와 여성을 예찬하는 것이다.

그러나 미인으로서 자기 중심적이 아닌 사람이 어찌 쉬우랴. 그리하여 우리의 수필가는 현실 속에서는 그런 이를 드물게밖에는 만나지 못한다. 아니, 영영 만나지 못했는지도 모른다.

영양令孃으로서의 아사코까지는 만날 수 있었을 것이다. 그러나 스위트피 같고 목련 같던 그녀도 결국에는 현실에 휩쓸려 시들어 간다. 그것은 슬픈 일이다. 그리하여 수필가의 마음은 종달새의 마음을 품고 창공, 즉 시와 문학의 세계로 옮겨간다.

완전한 미美는 예술과 문학에만 있는 것일까. 현실의 사람에게는 그것이 불가능한 것일까. 산다는 것은 그 질문에 답한다는 것이다. 진정한 삶은, 너무나 어려워서 아예 불가능할지도 모르지만, 그럼에도 불구하고 포기해서는 안 되는 완전한 미를 추구하는 것이다.

38

시인 키츠는 "아름다운 것은 영원한 기쁨."이라 하였다. 그러나 그 아름다움 자체가 스러져 없어지는 것을 어찌하리오. 아무리 아름다운 여성도 청춘의 정기를 잃으면 시들어 버리는 것이다. 솔직하게 말하여 나는 사십이 넘은 여인의 아름다운 얼굴을 드물게 본다. '원숙하다.' 또는 '곱게 늙어간다.'라는 말은 안타까운 체념이다. 슬픈 억지다. 여성의 미를 한결같이 유지하는 약방문은 없는가 보다. 다만 착하게 살아온 과거, 진실한 마음씨, 소박한 생활 그리고 아직도 가지고 있는 희망, 그런 것들이 미의 퇴화를 상당히 막아낼 수 있을 것이다. ─「여성의 미」

착하게 살아온 과거, 진실한 마음씨, 소박한 생활, 그리고 희망. 그러나 이런 것들이 비단 여성만을 위한 덕목은 아니다. 나이 들어 아름다움을 잃는 크기는 여성이 남성보다 열두 배나 되건만, 나이 들어 위로받고 의지할 덕목은 남녀가 같을밖에 없을 때, 여성은 그만큼 더 슬픈 존재일지 모른다.

그러나 어쩌랴. 선생은 이미 구순九旬을 넘기셨고, 열세 살 어린 나이에 선생의 글 「나의 사랑하는 생활」을 읽고 즐거워하던 나 또한 쉰에 이르렀다.

그리고 여기 아름다운 사랑이 있다. 여성과 남성을 가리지 않는 사랑. 인생에 대한 사랑. 인생을 사랑한 사람과 사랑을 사랑한 사람에 대한 사랑. 그 아름다운 사랑만이 선생과 나 사이를, 선생과 독자 사이를 오래도록 이어주며 영원한 기쁨을 주고 있다.

3. 조약돌과 조가비, 그러나 산호와 진주
— 인연, 작은 것들의 소중함

39

인생은 작은 인연들로 아름답다. - 「신춘」

인연, 작음, 아름다움. 선생의 인생을 구성하는 세 마디 말이다. 선생은 작지만 반짝이는 사건을 씨줄로 삼고, 곱고 연한 마음을 날줄로 삼아 인생이라는 천을 짠다. 그 베짜기가 인연이다. 그렇게 짜여진 인연으로서의 인생은 '번쩍거리지 않은 바탕에 약간의 무늬가 있는' '비단'이다.

진리를 전하는 오래된 책은 말한다, 인연은 그물 같은 것이라고. 그물의 한 매듭을 당기면 모든 매듭이 출렁이듯이 한 매듭으로서의 나는 남들과 서로 연분지어진 관계라고 그 책은 거듭 설명한다.

이를 염두에 두면, 선생이 짓는 인연의 그물은 거미줄로 만들어진 그물이다. 선생과 맺어지는 인연들은 물고기 대신 아름다움을 건지는, 연하고 부드러운 거미줄 그물에 맺힌 맑은 이슬방울인 것이다.

맺히는가 하는 순간 이내 스러지는 이슬 같은 인생. 인생은 거미줄처럼 약하고 이슬처럼 잠깐이다. 그러나 그러기에 인생은 아름답다고, 아무리 세찬 소낙비라도 거미줄을 끊지는 못한다고, 비록 순간에 지는 이슬일지라도 '티파니의 보석'보다 황홀하다고 금아 선생은 말한다.

금아 문학은 '작고' '아름다운' '인연'이다.

40

나는 작은 놀라움, 작은 웃음, 작은 기쁨을 위하여 글을 읽는다.
-「순례」

소년은 영웅을 꿈꾸고, 문학 청년은 대작을 구상한다. 그러나 '서른여섯 살 중년 고개'를 넘기는 동안 소년의 꿈은 회사원으로, 문학 청년의 구상은 시속 잡지에 실리는 잡문 정도로 추락하는 경우가 열에 아홉이니, 그 사이가 꿈과 현실의 사이이다.

그러나 모든 꿈이 반드시 실망에 이르는 것은 아니다. 꿈의 포기나 좌절은 우리 탓이 아니라 운명 탓이기도 한 것. 우리는 이 문제의 책임을 나에게 명지明知와 천재天才를 허락하지 않은 운명, 신, 자연에게 돌리기도 한다.

그렇다고 내 책임이 전혀 없다고 강변하기는 어렵다. 그래서 우리는 찾아야 한다, 영웅도 아니요 대작도 쓰지 못하는 자로서의 놀라움, 웃음, 기쁨을. 그리하여 우리는 작은 금모래들이 일상 곳곳에 숨어 있음을 발견하나니, 그때 수필가는 기쁜 마음으로 붓을 든다.

금아 선생의 세계는 나폴레옹이나 베토벤의 세계는 아니다. 그분의 세계는 우리들의 세계, 중년을 넘어섰어도 소년 시절의 꿈을 기억하는, 현실 못지 않게 추억을 사랑하는 우리의 세계인 것이다.

41

나는 나의 생활을 구성하는 모든 작고 아름다운 것들을 사랑한다. 고운 얼굴을 욕망없이 바라다보며 남의 공적을 부러움없이 찬양하는 것을 좋아한다. 여러 사람을 좋아하며 아무도 미워하지 아니하며, 몇몇 사람을 끔찍이 사랑하며 살고 싶다. ―「나의 사랑하는 생활」

사람은 자기 자신이라는 세계와 자신을 둘러싼 여러 사람들(사물들)의 세계라는 두 세계를 산다. 인연은 첫 번째 세계와 두 번째 세계의 관계를 이르는 다른 말이며, 위의 글에서 수필가의 두 번째 세계는 다음 세 가지 보다 작은 세계로 나뉜다.

① 끔찍이 사랑하는 몇몇 사람의 세계,

② 좋아하는 사람들의 세계,

③ 좋아하지도 싫어하지도 않는 사람들의 세계.

그런데 금아 선생이 아닌 우리에게는 그 다음으로 '④ 경쟁자의 세계'와 '⑤ 미워하는 사람들'의 세계가 있다. 경쟁자의 세계까지는 인정한다고 하더라도 문제는 미워하는 사람들의 세계이다. 어쩌면 이 다섯 번째 세계가 있는가 없는가, 있다면 얼마나 심각한 수준인가가 삶의 질을 결정하는 것인지도 모른다.

다행히 금아 선생에게는 ⑤가 없었나보다. 더 중요한 것은 금아 선생이 '끔찍이 사랑하는 몇몇 사람'을 특별히 중시한다는 점이다. 금아 선생은 ①과 ②를 충분히 누린 것으로 보인다. 아마도 그것은 '남의 공적을 부러움없이 찬양하는' 순수와 '고운 얼굴을 욕망없이 바라다보는' 무욕으로써 가능했으리라.

42

산호와 진주가 나의 소원이었다. 그러나 그것은 될 수 없는 일이다. 그리 예쁘지 않은 아기에게 엄마가 예쁜 이름을 지어주듯이, 나는 나의 이 조약돌과 조가비들을 '산호와 진주'라고 부르련다. – 「서문」

서문을 평범하게 쓴 책에는 애정이 가지 않는다. 서문은 책의
얼굴과 같고, 사람에게서 받는 첫인상과 같은 것. 어찌 한 글자
인들 소홀히 할 수 있겠는가.

옛 선비의 문집 중에는 서문이 본문보다 널리 알려질 정도의
명문이 많았었다. 『고문진보古文眞寶』에 실려 있는 이태백의 「춘
야연도리원서春夜宴桃李園序」가 그중 하나이다. 윤동주 시인의 「서
시」가 본편의 시들보다 더 널리 애송되는 것 또한 시인의 순수
성이 잘 표현되어 있기 때문이고, 윤오영 선생이 『가람문선』의
'서序'를 최고 수준의 작품으로 예찬한 것 또한 서문을 읽는 것만
으로 능히 본문을 맛볼 수 있기 때문이다.

그 점에서 선생이 당신의 시와 수필을 한데 묶어 펴내면서 쓴
서문은 옛 선비의 정신을 이은 것으로 '비단에 꽃을 더한錦上添花'
격이라 할 만하다. 그때의 책이름은 『산호와 진주』. 선생은 서문
에서 산호와 진주를 당신의 '소원'이라 하시고, '그러나 그것이
될 수 없는 일'이었다고 고백한다. 그래서 그 대신으로 '조가비
와 조약돌'을 줍는다. 이렇게하여 '청초하고 몸맵시 난렵한 여
인' 같은 수필의 세계가 나타난다.

선생이 당신의 대표작 중 하나인 「수필」을 쓰신 때는 한국전
쟁을 맞아 부산으로 피난을 갔다가 서울로 돌아온 직후라고

한다. '난이요, 학이요'로 이어지는 고결하고 단아한 그 작품이, 먹고 입고 잠자는 것만이 중요할 뿐 그 이상의 호사를 바라는 것은 사치였던 험난한 시절에 씌어진 것이다.

그렇다. 고난 속에서도 고운 마음을 지켜 냈기에, 거기에 나의 노력과 아픔과 정성이 깃들어 있기에, 삶은, 그리고 그 삶으로부터 얻어낸 나의 '조가비와 조약돌들'은 '고운 빛을 발하는 것 같기도' 하다. 나의 자식 같은 글들. 그 글들을 이제 와서 누가 산호보다 못한 조약돌이라고 하겠는가. 진주보다 못한 조가비라고 하겠는가.

조약돌과 조가비를 빚어 산호와 진주로 바꿔 낸 점에서, 선생의 글은 천재의 그것들에 비견하여 아쉬울 것이 없게 되었다. 그리하여 선생의 조약돌과 조가비는 후학에게 '산호와 진주'가 되었다.

43

갖은 괴로움을 견디면서도 서울을 떠나지 않는 이유의 하나는 친구들이 있다는 사실이다. 몇몇 사람 이외에는 서로 자주 만나지도 못하지만, 그래도 서울에서 살면 언제나 볼 수 있다는 가능성을 향유하고 있는 것이다.

전화는 걸지 않더라도 언제나 걸 수 있는 가능성을 가지고 있는 점에 그 가치가 더 크다. 전화가 있음으로써 내 집과 친구들 집이 연결되어 있다는 것을 생각하면서 자못 든든할 때가 있다. 전선電線이 아니라도 정情의 흐름은 언제 어느 데서고 닿을 수 있지마는.
― 「전화」

'끔찍이 사랑하는 몇몇 사람'만으로 이루어진 삶도 좋겠지만 사람살이는 또한 편히 기댈 수 있는 친근하고 편안한 관계를 원한다. 친구가 바로 그들이다. 가슴을 태울 일도, 그리워 밤을 샐 일도 없으나, 바로 그렇기 때문에 '오래 입은 털자켓'처럼 따뜻한 이들. 그들 가운데서 수필가는 (그리고 우리는) 오늘 낮에 있었던 거만한 상사의 행동을 위로받고, 내일 맞을 수밖에 없는 피곤한 실갱이를 잠시 미뤄둘 수 있게 된다.

그리고 여기 전화가 있다. 셀룰러폰도 아니고 응답 전화도 아닌 구식 전화. 그나마도 자주 울리지 않지만 한번 대화를 나누고 나면 그 여운이 오래 남는다. "지금 눈이 오고 있습니다."라는 전화 한 통화만으로 마음의 산천에 자욱한 기운이 돌아 입가에 저절로 '천산조비절 만경인종멸千山鳥飛絶 萬徑人蹤滅[3]'이라는 싯구詩句가 머금어진다. 이런 친구를 가진 이의 축복이여!

---

3) 천산조비절千山鳥飛絶 만종인종멸萬人徑蹤滅: 중국 시인 유종원柳宗元의 시 「강설江雪」 중에서. "모든 산에 새 한 마리 날지 않고, 모든 길에 사람 발자취 끊어졌네."

44

누구나 큰 것을 위하여 살 수는 없다. 인생은 오히려 작은 것들이 모여 이루어지는 것이다. – 「멋」

독립 운동가는 꼭 필요하다. 그러나 윤봉길 의사에게는 뒤에 남은 아내가 있었고, 김구 선생에게도 아들을 자랑스럽게 여기는 어머니가 계셨다. 그리고 좀더 멀리는 이천만 겨레가 알게 모르게 그 분들을 후원하고, 흠모하고, 자랑스럽게 여기고, 눈물지었기 때문에 그분들이 의사義士가 될 수 있었고, 민족 지도자가 될 수 있었던 것이다.

금아 선생이 가까이 모셨던 스승은 도산 안창호 선생이었지만 그분은 이상理想으로서 먼저 가셨고, 한때 민족을 선도하던 춘원 이광수 선생은 끝에 이르러 일제에 굴복하였다. 도산이 되기에는 지덕智德이 부족하고, 춘원처럼 요시찰要視察 대상도 아니었던 금아 선생. 그분은 한편으로는 부끄러움을 느끼고, 다른 한편으로는 당신에게 주어진 삶을 사랑하여야만 하였다.

금아 선생은 우리 모두처럼 도산을 숭앙하고 춘원의 과오를 안타까워하면서, 거울에 비친 자기 모습을 부끄러이 여기는 윤동주 시인의 마음으로 작은 인연을 지어갔다. 나 또한 그 시절이라면 그렇게 살기 쉬웠으리라는 것을 알기에, 나는 감히 선생의 겁 많음을 '비난'할 수 없다. 적어도 선생은 '친일'로 기우는 행위를 하시지는 않았다. 그것만으로도 대단한 일이라고 하지 않을 수 없다. 하물며 자신의 '비겁함'을 평생을 두고 부끄러워함에 있어서랴.

45

과거를 역력하게 회상할 수 있는 사람은 참으로 장수를 하는 사람이며, 그 생활이 아름답고 화려하였다면 그는 비록 가난하더라도 유복한 사람이다. 오래 살고 부유하게 사는 방법은 아름다운 인연을 많이 맺으며 나날이 적고 착한 일을 하고, 때로 살아온 자기 과거를 다시 사는 데 있는가 한다.

예전을 추억하지 못하는 사람은 그의 생애가 찬란하였다 하더라도 감추어둔 보물의 세목細目과 장소를 잊어버린 사람과 같다. 그리고 기계와 같이 하루하루를 살아온 사람은 그가 팔순을 살았다 하더라도 단명한 사람이다. - 「장수」

과거 회상에 아름다움이 많다는 것은, 미래에 욕심이 적다는 것이다. 무욕자다수無慾者多壽요, 소욕자다복少欲者多福이라고나 할까. 추억할 만한 인연이 많고, 그 인연으로부터 행복과 위안을 얻을 수 있다면 삶의 참맛을 두 배로 느끼는 법. 그에게 가난은 단지 어려운 것일 뿐 추한 것은 아닐 터이다.

46

많은 소설의 주인공들이 성격 파산자들이라 하여, 또는 신문 3면에는 무서운 사건들이 실린다 하여 나는 너무 상심하지 않는다. 세상에는 나쁜 사람이 많다. 그러나 좋은 사람이 더 많다. 이른 아침 정동 거리에는 뺨이 붉은 어린이들과 하얀 칼라를 한 여학생들로 가득 찬다. 그들은 사람이 귀중하다는 것을 배우러 간다. -「신춘」

나이가 든다는 것은 거친 일을 많이 겪었다는 것이다. 그러나 같은 일을 겪어도 어떤 사람은 그로부터 비난을 배우고, 다른 어떤 사람은 삶의 아름다움을 발견한다.

가는 사람은 가더라도 언제나 새로이 등장하는 신세대. 젊은 이들은 그 아름다움의 영원한 희망이다. 아니, 젊음 그 자체가 아름다움이다. 그리고, 그것을 바라보며 그 아름다움을 내 아름다움으로 느끼는 한, 우리는 영원히 소년이고 소녀이다.

47

잠에서 깨면 보려고 장미 일곱 송이를 샀다.

거리에 나오니 사람들이 내 꽃을 보고 간다. 여학생들도 내 꽃을 보고 간다.

전차를 기다리고 섰다가 Y를 만났다.

언제나 그는 나를 보고 웃더니, 오늘은 웃지를 않는다.

부인이 달포째 앓는데, 약 지으러 갈 돈이 떨어졌다고 한다.

나에게도 가진 돈이 없었다. 머뭇거리다가 부인께 갖다 드리라고 장미 두 송이를 주었다. − 「장미」

인연을 소중히 여긴다는 것은 남의 일에 관심을 기울인다는 것이다. 남의 아픔에 귀를 기울이고, 마음을 기울인다는 것이다. 그러다 보면 물질이 따르게 되는 법. 마음이 가는데 어찌 물질이 따르지 않을 수 있으랴. 그것이 돈이라도 좋다. 돈은 때로 마음을 나타내는 아름다운 소품이 될 수 있다. 그러나 주는 쪽에서는 아름다운 돈일지라도 받는 쪽에서는 부담스러운 것이 될 수가 있다.

꽃만이 그런 부담없이 마음을 오고가게 해 주는 아름다운 물건이 된다. 그리하여 수필가는 가지고 있는 장미 일곱 송이 중 두 송이를 그에게 준다. 하지만 장미를 주어야 할 사람은 많다. 결국 수필가는 나머지 장미 모두를 다른 사람에게 주어버리기에 이른다.

장미꽃들이 자신에게서 모두 떠나고 난 다음 수필가에게 남은 것은 무엇일까. 그때 수필가에게 남은 것은 친절한 마음이 자아낸 행복의 여운이다.

그 여운을 가슴에 두고 잠자리에 든 수필가를 걱정할 필요는 없다. '잠에서 깨면 보려고' 산 장미꽃 일곱 송이는 수필가의 손에서 떠났다. 그러나 수필가는 이튿날 아침, 육안에는 안 보이지만 심안에는 풍성한 수천 송이의 장미꽃 곁에서 눈을 뜨게 될 테니까 말이다.

48

선물은 포샤가 말하는 자애慈愛와도 같이 주는 사람도 기쁘게 한다. 무엇을 줄까 미리부터 생각하는 기쁨, 상점에 가서 물건을 고르는 기쁨, 그리고 선물을 받고 기뻐하는 것을 바라보는 기쁨, 인편이나 우편으로 보내는 경우에는 받는 사람이 기뻐하는 것을 상상하여 보는 기쁨, 이런 가지가지의 기쁨을 생각할 때 그 물건이 아무리 좋은 물건이라도 아깝지 않은 것이다. – 「선물」

『베니스의 상인』에서 포샤는 말한다. "신의 자비는 봄비와 같아서 모든 사물을 고루 적신다."고. 그러나 그 말을 잊었는지 셰익스피어는 다른 데서는 이렇게 말한다. "신들은 인간을 장난으로 죽여!"라고. 작가의 본심은 이 둘 가운데 어느 편이었을까.

굳이 물을 것은 없다. 그것을 끝까지 묻다가는 자칫 철학자가 될 염려가 있다.

철학자가 아닌 수필가는 그중 전자를 택한다. 후자를 몰라서가 아니라 전자가 주는 맛이 너무나 포근하기 때문이다. 가랑비가 내려 연무煙霧 자욱한 봄날 아침 파랗거나 노란 우산으로 비를 가리고 사랑하는 이와 함께 덕수궁 돌담길을 걸어보라. 그 촉촉하고 행복한 맛을 어찌 신의 자애에 비유하지 않을 수 있으랴.

마음이 담긴 선물은 우리를 잠시 자비로운 신의 봄비로 이끌어가는, 내 마음에서 시작되어 그의 마음으로, 그의 마음에서 반향反響되어 다시 내 마음에 돌아와 봄비로 내리는 사람의 일이다. 그리하여 선물을 주고받는 것은 삶의 한 예술 행위가 된다.

49

나는 내금강에 갔다가 만폭동 단풍 한 잎을 선물로 노산鷺山에게 갖다 준 일이 있다. 그는 단풍잎을 받고 아름다운 시조를 지어 발표하였었다. 내가 받은 선물 중에는 유치원 다닐 때 삐아트리스에게서 받은 붕어 과자 속에서 나온 납반지, 친구 한 분이 준 열쇠 하나, 한 학생이 갖다 준 이름 모를 산새의 깃, 무지개같이 영롱한 조가비 ― 이런 것들이 있다. ―「선물」

노산은 이은상 선생의 아호이다. 노산 선생이 남긴 멋진 시조는 작곡가의 손끝에서 장르가 바뀌어 아직껏 우리 귓가에 남아 있다. 「가고파」「봄처녀」「옛 동산에 올라」「장안사」「성불사의 밤」 등의 가곡이 그것이다.

그러나 아름다운 가곡이 어찌 반드시 오선지로써만 가능하겠는가. 아름다움은 결국 마음이다. 단풍잎이든 산새의 깃이든 영롱한 조가비든 상관 없다. 아름다움 앞에는 단지 그것을 느낄 마음이 필요할 뿐이며, 그것을 느낀 다음에는 그것을 기억하는 마음이 필요할 뿐이다.

50

찝찔한 눈물. H2O보다는 약간 복잡하더라도 눈물의 분자식은 다 같을 것이다. 그러나 그 눈물의 다양함이여! 이별의 눈물, 회상의 눈물, 체념의 눈물, 아름다운 것을 바라다볼 때의 눈물, 결혼식장에서 딸을 인계하고 나오는 아빠의 눈물, 그 정한情恨이 무엇이든 간에 비 맞은 나무가 청신하게 되듯이 눈물은 마음을 씻어 준다. - 「눈물」

정情이 지극하면 한恨이 된다. 한민족은 한의 민족이라고 누군가가 말했다지만 그 말은 우리가 정이 많다는 말에 다름 아니리라.

한에서 우러나는 눈물은 마음을 정화시켜 준다. "나 보기가 역겨워 가실 때에는 말없이 고이 보내드리우리다."던 여인. 가슴 안으로 우는 그녀의 보이지 않는 눈물 가운데서 그녀는 정화된 여인으로 다시 태어난다. 그녀의 정염情炎은 정결淨潔의 경지에 이르렀다.

비를 맞은 까닭이다. 비 맞은 나무가 청신하게 되듯이 눈물에 의해 마음이 세례되었기 때문이다. 부디 내 삶이 고통스러울 때 눈물을 흘릴 수 있기를. 그 눈물로 하여 내 삶이 새로워지고 정결해질 수 있기를.

51

도시에 비 내리듯
내 마음에 눈물 내린다.

이 '눈물 내리는 마음'이 독재자들에게 있었더라면, 수억의 비극은 일어나지 않았을 것이다. 제2차 세계대전 때 일본에는 "가솔린 한 방울 피 한 방울"이라는 기막힌 표어가 있었다. 석유 회사 타이피스트 그레이스의 그 눈물에는 천만 드럼의 정유보다 소중한 데가 있다. – 「눈물」

전쟁이 고통을 낳고, 고통이 눈물을 낳는다. 전쟁의 눈물은 비단 죽음과 상처만으로 생기는 것은 아닌 것. '가솔린 한 방울'을 '피 한 방울'로 바꿔 말해야 하는, 사람이 유용한 물건으로 취급되는 데서 또 한 번 전쟁은 고통이요 눈물인 것.

그리고 여기 타이피스트가 떠나간 애인을 그리며 운다. 그것을 바라보는 수필가의 마음에도 비가 내린다. 독재자는 모르는 비다. 전쟁을 일으킨 자들은 결코 모르는 비다. 오직 사랑을 아는 이만이 눈물로 내리는 그 비를 안다.

52

듣기 싫은 이야기를 남이 늘어놓으면 눈을 감고 있다가 자버리는 친구가 있었다. 나는 그런 배짱은 없지마는 목사님 설교를 들으면서 곧잘 잠을 잔다. 찬미 소리에 잠이 깨면 천당에 갔다 온 것 같다.

나는 회의석상에서도 조는 수가 일쑤다. 한참 자다 깨어도 토의는 별로 진전이 없고 여전히 갑론을박을 되풀이하고 있다. 그동안에 어떤 사항이 결정되었다 하더라도 상관은 없을 것이다. 중요한 것이라면 나중에 자연히 알게 된다.

나는 언젠가 어떤 노름판 한구석에서 단잠을 잔 일이 있다. 밤참이 들어왔다고 잠을 깨워도 일어나려야 일어날 수가 없었다. 또 언젠가는 요정에서 취한 친구들이 떠들어 댈 때, 나 혼자 기생의 무릎을 베고 단잠을 잤었다. 밤 가는 줄 모르고 술을 마셨다면 멋있는 것 같기도 하나, 이런 향락은 인생이 주는 가지가지의 기쁨과 맞바꾸어야 되는 것이다.

잠을 못 잔 사람에게는 풀의 향기도, 새소리도, 하늘도, 신선한 햇빛조차도 시들해지는 것이다. 잠을 방해하는 큰 원인은 욕심이다. 거지는 한국은행 돌층계에서도 잠을 잘 수가 있다. 나는 면화를 실은 트럭 위에서 네 활개를 벌리고 자는 인부들을 본 일이 있다. 그때 바로 그 뒤에는 고급 자가용 차가 가고 있었다. 그 차 속에는 불면증에 걸린 핼쑥한 부정 축재자의 얼굴이 있었다. – 「잠」

숨을 들이쉰 다음에는 내쉬어야 하듯이 열심히 일한 다음에는 쉬어야 한다. 하지만 일반적인 쉼으로써는 일하는 동안에 쌓인 피로와 스트레스를 다 풀 수 없다. 그래서 신은(자연은) 인간에게 잠이라는 회복제를 준 것 같다.

잠은 깨어서 쉬는 휴식보다 더 깊은 휴식을 제공한다. 오늘 곧 죽을 것만 같던 괴로움이 밤에 깊은 잠을 자고 일어나는 순간 견딜 만한 것으로 바뀐다. 괴로움없이 사는 사람이 없다는 점에서 잠은 괴로움을 반감시켜주는 가장 좋은 회복제라고 할 수 있다. 만일 인간에게 잠이 없었더라면 휴식이 부족하여 정신이 파괴되는 사람이 많아졌을 것이다.

심지어 식물까지도 잠을 잔다고 한다. 밤중에 벼가 자라는 논에 불을 켜놓으면 곡식이 제대로 익지 못하는 까닭은 잠을 자지 못하기 때문이라는 것이다. 우리에게 가장 고마운 사람인 가족, 친구, 스승이 식물에게는 없다. 그렇지만 식물에게도 잠은 필요하고, 사람 또한 그러하다. 그 점에서 잠은 사람에게 가족, 친구, 스승보다도 더 고마운 것일 수 있다.

필자는 지금까지 잠에 대해 곧이곧대로 말했지만 수필가는 그 고마운 잠에 대한 이야기를 진지하고 딱딱한 말투가 아닌 유머러스한 말투로 말하고 있다. 유머는 몸과 마음이 깊이 쉬어진 상태에서만 발해질 수 있다는 점에서 금아 선생이 이 글을 단잠을 푹 자고 나서 쓰신 것이 아닌가 추측해본다. 그러니, 나도 이쯤에서 이런 투의 딱딱한 말은 잠시 접어두고 개운한 꿀잠부터 자야만 할까보다.

53

어린아이같이 웃기를 잘하여 점잖지 않다는 것이 어느 친구의 말이었다. 그래 나는 어느 일요일 아침, 성난 얼굴을 하여 보았다. 그랬더니 서영이가 슬픈 표정으로 내 얼굴을 쳐다보더니 문 밖으로 나가버리는 것이었다. 내게 있어서 이보다 더 큰 일은 없다. 나는 얼른 거울을 들여다 보았다. 잘생기지도 못한 얼굴이 사나워 보인다. 나는 씽긋 웃어 보았다. 그리고 내가 정신의 이상이 없다는 것을 알리기 위해 그날 하루 종일 서영이와 구슬치기를 하였다. - 「낙서」

　성을 내는 것은 일 분이지만 그것을 푸는 것은 한 시간이다. 그러니 성을 내는 건 밑지는 장사라고 할 수 있다. 하지만 그런 줄 뻔히 알면서도 우리는 성을 낸다. 그런 다음에는? 나는 명상에 잠기지만 금아 선생은 딸과 구슬치기를 한다.

　명상에 비해 구슬치기는 좋은 점이 둘 있다. 움직인다는 것과 즐겁다는 것이 그것이다. 명상은 고요하고 흐뭇하지만 활발하고 즐겁지는 않다. 그러나 그런 줄 잘 알면서도 나는 아들과 구슬치기를 하지 않는다. 내 아들들이 그런 놀이보다는 다른 것을 좋아하기 때문이다.

　딸을 가진 아빠 또한 아들을 가진 아빠에 비해 좋은 점이 두 가지 있다. 딸과 애인처럼 지낼 수 있다는 점과, 딸이 가끔 새침하게 잘 토라진다는 점이 그것이다. 토라지는 딸이 어떻게 좋은 딸일 수 있느냐고? 그 말만으로 나는 당신이 딸을 갖지 못한 불행한 아빠임을 알겠다. 어쩌면 애인을 가져 보지 못한 남자일지도 모른다.

　토라짐이 없이 어찌 화해의 즐거움이 있겠는가. 바라노니, 너그러운 아빠를 가진 딸들이여, 그대들은 가끔 토라져야 한다. 진정한 효도는 오히려 그 가운데 있으니, 앵돌아지지만 곧 애교를 보이는 딸은 언제나 너그럽기만 한 딸에 비해 못할 것이 없다. 그녀는 그녀만의 방식으로 너그러운 딸들을 가끔 능가하는 것이다.

54

안기려는 포즈의 여인상, 조각가는 자기의 작품을 포옹하고 있다.

그리스의 이야기를 소재로 한 프랑스 화가의 이 그림에는 〈피그말리온과 그의 조각상〉이라는 제목이 붙어 있었다.

피그말리온의 여인상은 처음부터 포옹의 자세로 제작된 것이 아니었으리라. 긴 세월을 두고 수시로 오래오래 안겨 왔기에 자연히 여인의 두 팔은 눈에 띄지 않게 조금씩 조금씩 들리고, 그러다가 어느 순간 갑자기 안으로 휘어 포옹의 포즈를 하게 되지 않았나 한다.
― 「기행소품」

조각가 제롬은 신화 속의 피그말리온 이야기를 네 개의 그림으로 그렸다. 피그말리온이 이상적인 여인을 생각하는 장면, 그녀를 조각하기 시작하는 장면, 조각 작품이 완성된 장면, 조각 작품이 생명을 얻어 실제 여인이 되어 그의 품에 안기는 장면.

'생각하면 마침내 이루어진다.'는 것은 피그말리온의 이야기로써 상징되었다. '바라보면 마침내 된다.'는 것은 나타니엘 호손의 「큰바위 얼굴」로써 웅변되었다. '믿으면 이룬다'는 것은 성경의 말씀이요, '믿어야만 고해를 건널 수 있다'는 것은 화엄경이 가르치는 바다.

금아 선생의 경우는 어땠을까. 그리스 신화의 주인공 피그말리온도, 「큰바위 얼굴」의 주인공 어니스트도 아니었던 그분. 그래서 그분은 자신의 바람, 자신의 생각, 자신의 믿음을 시와 수필로 썼다. 하기야 제롬과 호손 또한 그랬기 때문에 그림을 그리고 소설을 쓴 게 아니겠는가.

예술가는 작품을 통해 자기의 꿈을 대리 실현한다. 성경이나 불경 또한 예술 작품으로 읽을 수 있는 면이 있다. 종교에는 예술적인 면이 포함되어 있다. 그리고 예술에도 종교적인 면이 암시되어 있다.

55

등 덩굴 트레리스 밑에 있는 세사밭, 손을 세사 속에 넣으면 물기가 있어 차가웠다.

왼손이 들어 있는 세사 위를 바른손 바닥으로 두들기다가 왼손을 가만히 빼내면 두꺼비집이 모래 속에 작은 토굴같이 파진다.

손에 묻는 모래가 내 눈으로 들어갔다. 영이는 제 입을 내 눈에 갖다 대고 불어 주느라고 애를 썼다. 한참 그러다가 제 손가락에 묻었던 모래가 내 눈으로 더 들어갔다. 나는 눈물을 흘리며 울었다. 영이도 울었다. 둘이서 울었다.

어느 날 나는 영이보고 배가 고프면 골치가 아파진다고 그랬다. "그래 그래"하고 영이는 반가워하였다. 그때같이 영이가 좋은 때는 없었다.

우정은 이렇게 시작되는 것이다. 하품을 하면 하품을 따라하듯이 우정은 오는 것이다. – 「우정」

금아 선생 같은 글을 쓰고 싶었던 적이 있다. 나이 서른 살이던 그때 나 또한 「우정」이라는 글을 썼었다. "우정은 은사시나무다. 잎 넓은 플라터너스다. 부신 눈꽃을 피워 이고 탑塔인 듯 서 있는, 우정은 겨울 향나무다." 선생의 작품 「수필」의 비유법을 본받아 쓴 이 글은, 그러나 용을 그리고 눈동자를 얻지 못했다는 점에서 아류에 머물고 말았다.

그 글에서 나는 "제비꽃은 제비꽃의 친구요, 진달래는 진달래의 친구일 뿐이다."라고 말했다. 그러나 불행하게 나는 그 다음을 이어 "앉은뱅이 떡갈나무가 꼿꼿한 전나무와 더불어 겨울을 함께 이겨낼 수는 없는 일이다."라고 말하고 말았다. '표현'해야 하는 것을 '설명'해버린 것이다. 관중管仲과 포숙鮑叔, 염파廉頗와 인상여藺相如의 일화가 마음에 강하게 남아 있었기 때문이었다. 거기에 더하여 나는 '사캬무니 붓다'와 '이스라엘의 어린 양' 거론함으로써 글에 엄숙한 윤리성을 끌어들이는 실수까지 범하고 말았다.

그러나 금아 선생은 글 어디에서도 도덕가인 체하지 않는다. 단지 영이와 놀던 이야기 끝에 "하품을 하면 따라서 하듯이 우정은 그렇게 오는 것이다."라고 말할 뿐이다. 얼마나 절묘한가. 저절로 일어나는 자연스러운 하품처럼 독자에게 우정을 떠올리게 하는 이런 절묘한 한마디가 없고서야 어떻게 용을 그리고 눈동자를 얻었다고 하겠는가.

56

나를 감격하게 하는 것은 미국 독립의 발상지인 콩코드Concord 기념비 가까이에 놓여 있는 영국 병사들을 위한 조그마한 비석이다. 여기에도 미국 국민의 아량과 인정미가 흐르고 있다. 작은 비석에는 다음과 같은 말이 쓰여 있다.

영국 병사의 무덤

그들은 3천 마일을 와 여기서 죽었다.
과거를 옥좌 위에 보존하기 위하여
대서양 건너 아니 들리는
그들 영국 어머니의 통곡 소리 ― 「콩코드 찬가」

인연을 소중히 한다는 것은 적으로서의 인연까지도 소중히 한다는 것이다. 미국은 '뉴' 잉글랜드로 시작되었지만 나중에 '올드' 잉글랜드와 싸워 이김으로써 독립하였다. 워싱턴 시절의 미국인들. 그들은 자신들의 과거, 자신들의 조상, 자신들의 뿌리와 전쟁을 벌여야만 했었다.

그때 두 나라 사람들은 적이면서도 형제였다. 같은 말을 쓰는 사람들이었고, 같은 민주주의를 지향하는 동지이기도 했다. 그리하여 전쟁이 끝난 뒤, 미국인들은 죽은 영국인들을 위해 작은 비석을 세웠다. 서로 형제였기에. 적으로서의 인연도 인연이었기에. 적까지도 인연으로 끌어안는 이 인정미가 없었더라면 미국은 끝까지 어른 나라가 아니 되었으리라.

57

훗날 내 글을 읽는 사람이 있어 "사랑하고 갔구나." 하고 한숨지어 주기를 바라기도 한다. - 「만년」

"다만 창작 동기가 있어 쓸 뿐 돈을 위해서 쓰지는 않는다." 는 것이 개결介潔한 선비의 글쓰기이다. 그 점에서 금아 선생 같은 개결한 작가를 만나는 것은 드문 일이다.

그러나 그런 작가라 할지라도 식견 높은 한두 사람의 독자에게는 마음이 쓰이는 법이다. 모든 사람이 다 잊어도 좋다. 그러나 내가 떠난 다음 단 한 사람만이라도 내 글을 읽어주었으면, 그리고 한숨지어 주었으면, 하는 마음이야 어찌 없겠는가. 작가 또한 사람이기 때문이다.

"알아주면 나아가 일하고, 몰라주면 돌아와 도道를 즐긴다." 고 옛 성인은 자부自負했지만 우리는 성인이 아니다. 그렇다고 대중에게 호소하여 내 글이 베스트셀러가 되기를 바라는 것도 아니다. 그 사이에 선비의 심사心思가 있다.

백 년, 이백 년 후에 나와 생각이 같고 정서가 통하는 이가 있어 깊이 공감하며 나의 글을 읽어줄 때, 그때 내가 이미 세상 사람이 아니라 한들 어떠랴. 그것이 가능하리라는 기대만으로도 작가는 자못 무상無上의 환희를 느끼게 된다. 하물며 그 만남이 '사랑'을 매개로 함에 있어서야 더 말해 무엇하랴.

이렇게, 좋은 작가의 삶에 대한 사랑은, 그리고 그 사랑을 표현한 뛰어난 구절은 시간을 넘어 독자에게 전해진다. 고전이란 사랑을 담은 작품이자 시간을 이긴 작품이다. 쓰여진 지 수십 년 후에 읽는 금아 선생의 작품들. 나는 지금부터 백 년, 이백 년 후에도 그 작품들을 나처럼 감탄하며 읽는 독자가 반드시 있을 것임을 믿는다.

4. 진주빛, 혹은 비둘기빛
— 온아우미溫雅優美, 멋과 아름다움

58

수필은 흥미는 주지마는 읽는 사람을 흥분시키지는 아니한다. 수
필의 색깔은 황홀찬란하거나 추하지 않고, 언제나 온아우미하다. 수
필의 빛은 비둘기빛이거나 진주빛이다. 수필이 비단이라면 번쩍거
리지 않는 바탕에 약간의 무늬가 있는 것이다. 그 무늬는 읽는 사람
의 얼굴에 미소를 띠게 한다. – 「수필」

선생의 글이 매력적이라는 것은 선생의 삶이 매력적이라는
것이다. 멀리는 셰익스피어를 위시한 영미英美의 시인들을 배우
고, 동북아 전통으로는 도연명을 비롯한 한문 고전문학을 훈습
하였다. 위로는 도산 선생을 비롯한 덕 높은 인물을 흠모하고,
문학작품 속의 아름다운 여인들을 사랑하였으며, 무엇보다 가
까이 인연지어진 엄마와 딸, 그리고 좋은 친구들을 적지 아니

누리셨다.

그리하여 고전적인 격조를 가지되 구투舊套 문장에 떨어지지 않으니 동시대의 수필가들에게서는 보지 못하는 생생함이요, 삶을 이야기하되 교훈으로 흐르지 않으니 박람강기博覽剛氣를 능사로 하는 학자의 글이 갖는 오만과 강제强制를 넘어선다.

나는 오늘도 선생의 글을 읽으면서 미소짓고, 한숨짓는다. 미소는 표현에 있어서의 절묘한 '약간의 무늬'를 보면서 짓게 되고, 한숨은 창작가로서의 내가 도저히 그 경지에 오를 수 없음을 알기 때문에 짓게 된다.

59

누에의 입에서 나오는 액液이 고치를 만들 듯이 수필은 씌어지는 것이다. – 「수필」

어린 독자들이야 누에를 어찌 알랴. 그가 내는 액과, 그것이 고치로 지어지는 모양을 본 적이 있으랴.

누에는 뽕을 먹고 나서 잠을 잔다. 자고 나면 쑥 자란다. 그렇게 여러 번 먹고 잠을 잠으로써 성충이 된 누에는 입으로 액을 토해내는데, 그것이 비단으로 짜여지는 실이 된다. 누에는 액체 상태인 그 실로 자신의 몸을 감싼다. 그것이 누에고치이며, 누에는 눈처럼 새하얀 그 고치 안에서 죽는다.

손가락 한 마디 만한 누에고치 하나에서 나오는 실의 길이는 1킬로미터가 넘는다고 한다. 섬섬옥수纖纖玉手라는 말이 있지만, 섬섬이라는 말은 아릿다운 처녀의 부드러운 손보다 누에고치에서 자아낸 가늘고 부드러운 실을 표현하기에 더 좋은 말일 것이다. 그 실로 만들어진 비단의 부드러움이야 처녀의 손등에 비해 부족할 것이 무엇이랴. 더욱 아름다운 것은 그녀들의 살결 위에 비단이 둘려지는 경우일 것이다.

훌륭한 수필 또한 그렇게 씌어진다. 비단실처럼 섬섬한 사람의 마음이 잘 배어 있고 잘 표현되어 있는 글이 좋은 수필인 것이다. 그 지점에서 금아 선생의, 나아가 문학사에 남은 모든 명편名篇 소품 문장小品文章은 창작되어 왔다. 이것은 앞으로도 영원히 그러할 것이다.

60

그러나 차를 마시는 거와 같은 이 문학은 그 방향芳香을 갖지 아니할 때에는 수돗물같이 무미한 것이 되어버리는 것이다. ─「수필」

수필의 향기는 난蘭의 그것이어야 한다. 매화梅花의 그것이어야 한다. 결코 인공으로 만들어진 향수의 그것이어서는 안 된다. 방향芳香이라는 말은 자연물의 자연스러운 향기와 인간의 성숙한 인격으로부터 얻어진 향기에만 쓸 수 있는 말이라는 뜻이다.

'우정은 진하게 무르녹는 향기가 아니니'라는 말을 글에 쓴 적이 있다. 수필의 향기, 고결한 선비가 일상사에 풍겨내는 향기는 그런 향기이다. "열정적인 붉은 빛이나 아스라이 침잠하는 자줏빛이 아니요, 결 고운 하늘빛이거나 유유한 강물빛" 같은 것, "흐드러진 영산홍보다는 서리찬 가을 국화" 같고, "불타는 샐비어보다는 이슬 머금은 야생 백합" 같은 것. 방향이란 그런 것일 터이다.(필자의 수필 「우정」에서 인용)

이 향기가 없을 때 우리의 일상사는 무미한 '수돗물'이 되어 버린다. 향기를 잃은 하루하루는 죽은 삶이다. 죽음은 몸으로 오기 전에 먼저 마음으로 온다. 살아 있는 채로 죽은 사람들이 있다. 그렇게 죽지 말아야 한다. 살아야 한다. 향기로워야 한다. 그 향기를 표현해야 한다. 그것을 벗들과 나누어야 한다.

61

덕수궁 박물관에는 청자연적이 하나 있었다. 내가 본 그 연적은 연꽃 모양을 한 것으로, 똑같이 생긴 꽃잎들이 정연히 달려 있었는데, 다만 그중에 꽃잎 하나만이 약간 옆으로 꼬부라졌었다. 이 균형

속에 있는 눈에 거슬리지 않는 이 파격破格이 수필인가 한다. 한 조
각 연꽃잎을 꼬부라지게 하기에는 마음의 여유를 필요로 한다.
–「수필」

어제 왔던 것이 오늘 오고, 오늘 온 것이 내일 오는, 그렇게
늘 똑같이 반복되는 것이 평범한 사람들의 하루이다. 그래서 일
상日常이다. '일상'은 날마다 항상 똑같다는 뜻이다.

그러나 섬세한 마음은 같은 것들에서 숨어 있는 다른 것을
본다. 마음의 여유가 있고보면 오늘 아침은 어제와는 다른 오늘
새 아침이다. 그런 마음을 가진 이에게는 십 년이 지나서 보는
오늘 아내가(남편이) 처음 만나던 처녀(총각) 적 그녀(그)일 수
있다. 삶은 그 새로움으로부터 힘을 얻는다.

청자연적을 빚던 옛 도공陶工에게는 그런 여유가 있었나보다.
그리고 그런 여유를 보아낼 줄 아는 수필가에게도 그런 여유가
있었다. 다만 우리에게 그것이 있는가 없는가가 문제이다.

여유와 한가閑暇는 수필로 가는 '향취와 여운'이 있는 '산책'의
'길'이다. 특히나 금아 수필로 가는 '비둘기빛이거나 진주빛'으로
아롱지는 '온아우미한' '글'이다.

62

근 1년 동안 주말이면 나는 보스턴 박물관엘 갔었다. 유럽에서 사들인 그 수많은 명화들, 조각들, 루이 16세가 쓰던 가구들. 그러나 내가 먼저 가는 쪽은 그 반대편에 있는 작은 방이었다. 거기에는 그것들이 고요히 앉아서 나를 기다리고 있었다. 정말 처음 그것들을 만났을 때, 나는 놀랐다.

수십 년 전 내가 상해에 도착하던 날 청초하게 한복을 입은 젊은 여인이 걸어가는 것을 보았을 때 느낀 그 감격이었다.

3백 년, 5백 년, 7백 년 전의 우리나라 흙으로 우리 선조가 만들어 놓은 비취색, 짙은 옥색, 백색의 그릇들, 일품逸品인 상감 포도 당초문 표형 주전자象嵌葡萄唐草文瓢形酒煎子를 위시하여 장방형에 네 발이 달린 연지수 금향로蓮池水金香爐, 화문 매병花文梅瓶, 윤화틱輪花托등 수십 점이 한 방에 진열되어 있었다. ─「호이트 컬렉션」

마음은 물질이 아니지만 물질을 통해서 전해진다. 청자와 백자가 없었더라면 우리가 옛 도공의 마음을 어찌 느끼며, 그들이 사랑한 비취색, 옥색, 백색을 어찌 사랑할 수 있겠는가.

그래서 오래된 청자와 백자는 예술품이라 불린다. 마음을 담은 물질이기 때문이다. 물질을 매개로 하여 마음을 일으키고, 그 일으킴으로부터 아름다움이 살아나기 때문이다.

그래서 '인생은 짧지만 예술은 영원하다.' 수필가가 목격한 '청초한 여인'이 걸어가고 난 지 오십 년, 그러나 '그 여인'이 금아의 수필을 읽는 순간 우리 앞에서 '숲속으로 난 길'을 다시 걸어가게 되는 것은 예술이 영원하다는 살아 있는 증거일 것이다.

63

미美는 그 진가를 감상하는 사람이 소유한다. 비원뿐이랴. 유럽의 어느 작은 도시, 분수가 있는 광장, 비둘기들, 무슨 '애비뉴'라는 고운 이름이 붙은 길, 꽃에 파묻힌 집들, 그것들을 내가 바라보고 있는 순간 다 나의 것이 된다. - 「비원」

에리히 프롬은 '소유하지 말고 존재하라.'고 말한다. 그래서 그는 천상 철학자이다. 철학자가 아닌 금아는 '소유하지 말고 느끼라.'라고 말한다.

소유에는 끝이 없다. 몸을 가졌으니 옷을 가져야 하고, 옷을 가졌으니 여벌 옷을 가져야 한다. 여벌 옷을 가졌으니 장롱을 가져야 하고, 장롱을 가졌으니 방을 가져야 하다. 방은 큰 방이, 그중에도 여러 개의 방이 더 좋다. 많은 방을 가지려면 집이 있어야 한다. 집 또한 큰 것이 좋다. 정원이 딸린 비싼 집이라면 더 좋다.

그러나 '백 간짜리 집을 가졌어도 잠잘 때는 여덟 자 안에 누울 뿐'이다. 이렇듯 '소유'와 '누림享有'은 하는 바 소임이 '다르다. 그리하여 가난한 선비는 갖는 대신 누린다. 누가 시냇물을 가질 수 있으랴. 누가 달을 가질 수 있으랴. 그렇지만 고산尹孤山 선생은 수석水石, 송죽松竹, 명월明月을 오우五友로 삼아 내 것으로 하였다. 그리고 여기, 금아는 역대의 왕들도 다 차지하지 못했던 비원을 당신 것으로 만들고 있다.

64

문학은 낯익은 사물에 새로운 매력을 부여하여 나를 풍유豊裕하게 하여 준다. 구름과 별을 더 아름답게 보이게 하고 눈, 비, 바람, 가지가지의 자연 현상을 허술하게 놓쳐 버리지 않고 즐길 수 있게 하여 준다. 도연명을 읽은 뒤에 국화를 더 좋아하게 되고 워즈워드의 시를 왼 뒤에 수선화를 더 아끼게 되었다. 운곡耘谷의 「눈 맞아 휘어진 대」를 알기에 대나무를 다시 보게 되고, 백화白樺 나무를 눈여겨 보게 된 것은 시인 프로스트를 안 후부터이다. – 「순례」

외로울 때는 시를 읊곤 한다. 그러다 보면 잃어버린 사랑을 노래한 싯구詩句를 외는 때가 있다. 「솔베이지의 노래」를 허밍으로 부르기도 하고, 존 바에즈의 애상적인 노래를 흥얼거리기도 한다.

처음에는 그 노릇이 슬프고 애닯지만 곧 잔잔한 평화가 온다. 어느 적에 외로웠더냐는 듯 힘을 내어 일상에 복귀하게 되는데, 그것이 예술의 힘이라는 것은 이미 2천 4백여 년 전에 아리스토텔레스가 설파한 바 있다.

"저승은 따로 없어라, 눈에 덮인 이 강산!"이라는 박재삼 시인의 시가 아니었더라면, 내가 막막하게 바라보며 가슴 메었던 아홉 살 적의 눈 내린 들판을 바라보던 기억은 퇴색한 사진 같은 풍경으로 바뀌었을 것이다. 그러나 이 구절과 함께 "그 속에 그대 목소리, 눈 내리듯 잠겼네!"라는 구절을 외는 동안 설경雪景은 자욱한 감동과 절절한 애정으로 사무쳐 내 안에 영원히 지워지지 않을 인상으로 선명히 남게 되었다.

이것이 예술이고, 이것이 문학이다. 굳이 이런 문학을 남기려고 애쓸 것은 없다. "사람을 놀래키는 시를 쓰지 못하는 한 나는 쉬지 않으리."는 것은 두보杜甫 같은 천부 시인의 말이지 평범한 시인의 말일 수 없다. 평범한 시인들과 함께 우리들 보통사람에게는 탁월한 시인들이 창작한 곱고 애절한 시를 읽고 외는 것만도 충분히 좋은 일. 예술은 우리를 두 번 살게 하는 힘, 생명을 낳은 이가 신이라면 예술은 또하나의 신이다.

한여름 '나일론' 거리에 문득 하얀 모시 적삼과 파란 모시 치마가 눈에 띈다. 뭇 닭 속에 학을 보는 격이다. 모시는 청초하고 섬세하고 톡톡하고 깔깔하다. 아마 천사도 여름이면 모시를 입을 것이다.
-「모시」

종교 교리에만 국집하는 전도사에게는 한국형 천사가 없을 것이다. 그들의 천사는 하얀 얼굴에 파란 눈, 블론드 머리칼에 백조의 날개를 단 모습으로만 있을 것이요, 그래서 한국에 살다가 천당에 간 신자들로서는 좀 당황스러울 것이다.

김대건 신부님을 비롯한 초기 천주교인들은 갓을 쓰고 하느님을 찬송했다고 한다. 그러니 지금 천당에 계실 그분을 포함한 대원군 시절의 103위 가톨릭 성인들이 한복을 입고 천당에 계시리라는 것도 상상해 볼 만한 일이다. 어쩌랴. 하느님은 모든 것을 낸 분이시니 모든 것을 수용하기도 하실 터. 하늘나라의 한복은 그 나름 한 이채異彩이리라.

그러니 모시옷을 입은 천사를 상상하는 것은 어려운 일이 아니다. 불교와 기독교가 오기 전까지 동북 아시아 사람들은 천사에 대응하는 존재로서 신선을 생각했었거니와, 신선의 옷감 또한 모시가 아니었을까.

나 또한 시간과 경제가 허락할 때쯤 모시옷을 입고 여름 한
철을 났으면 한다. 자못 신선의 기분을 느낄 수 있을 것이다. 몸
과 마음은 아직 속기를 다 떨어버리지 못했더라도, 도리어 그
때문에 그것은 큰 축복일 것이다.

66

맛과 멋은 리얼과 낭만과 같이 아름다운 조화를 이루는 것이다.
– 「맛과 멋」

정신만을 숭상하면서 감각적인 기쁨을 모르는 사람을 중국인
작가 린위탕林語堂은 크게 비웃었다. 도덕만을 말할 뿐 차 한 잔,
국화 한 송이의 즐거움을 모르는 생활을 그는 사랑할 수 없
었다.

나도 한 때는 그가 비웃은 그 사람이었는지 모른다. 그러나
종교를 좀 멀찍이서 바라보게 된 지금, 나에게 오늘 하루는 정
신이기보다는 감각으로 먼저 느껴진다. 그 느낌은 나를 살아가
게 하는 기초적인 힘이다. 발랄한 생기이다.

폐포파립弊袍破笠을 걸치더라도 마음이 행운유수行雲流水와 같으면 곧 멋이다. 멋은 허심하고 관대하며 여백의 미가 있다. 받는 것이 멋이 아니라, 선뜻 내어주는 것이 멋이다. 천금을 주고도 중국 소저少姐의 정조를 범하지 아니한 통사通使 홍순언洪淳彦은 우리나라의 멋진 사나이였다. - 「멋」

이렇게 되면 멋은 곧 너그러움이다. 너그러움은 넉넉함에서 나오고, 넉넉함은 쓰고 남는 것이 있어야 생기는 것이요, 쓰고도 남기려면 많이 갖기보다는 욕심을 줄여야 한다. 다시, 욕심이 적으려면 마음에 주지主志가 있어야 하고, 그것을 굳건히 지키는 용기와 자긍심이 있어야 한다. 결국 정신의 곧은 뼈대가 멋이 되는 것이니, 겉으로 느껴지는 멋은 이렇듯 속으로 알차게 채워질 때만이 참되다.

그런 멋을 가진 사람을 만나기 어려워진 세상이다. 그러기에 홍순언이 그리워지고, 엄자릉嚴子陵을 이야기하는 것이 아니겠는가. 지난 번에 뵈었을 때 선생은 나와, 함께 동행한 나의 큰아들에게 엄자릉 이야기를 해주셨다.

자릉은 엄광嚴光의 자字이다. 엄광은 젊은 시절에 나중에 황위에 오른 광무제光武帝와 함께 공부한 적이 있었다. 광무제가 황위에 오른 뒤 옛 친구인 그를 찾았지만 그는 성명을 바꾸고 숨어 살며 나타나지 않았다. 어렵사리 수소문을 하여 거처를 알아낸 광무제는 수레를 타고 그의 처소로 출행하였다.

엄광은 황제를 예전에 친구를 대하던 때와 똑같이 대했다. 그는 자리에 누워서 일어나지 않았던 것이다. 광무제는 그가 누워 있는 곳으로 가서 그의 배를 어루만지며 "자릉, 나를 도와 줄 수 없겠는가?"라고 물었다.

엄광은 한참 동안 눈을 감고 응답하지 않더니 이윽고 눈을 뜨고 말했다. "옛날 요堯임금은 성덕이 드러났지만 소부巢父는 귀를 씻었습니다. 선비에게는 지조가 있는데 황제인들 어찌 강요할 수 있겠습니까?" 이에 광무제는 "내가 그대를 끝내 신하로 삼을 수 없단 말인가!"라고 탄식하며 그에게서 떠나갔다.

훗날, 광무제는 엄광을 궁으로 불러들여 함께 우정을 나누며 같은 방에서 잠을 잤다. 황제가 엄광에게 간의대부諫議大夫를 제수했지만 엄광은 그를 받아들이지 않고 부춘산으로 물러가 농사를 지으며 살다 생을 마쳤다.

후대의 중국인들은 그의 바람 같고 구름 같은 마음을 기려 그가 살던 곳에 큰 돌을 세우고 글을 새겼으니 "선생의 덕은 산처럼 높고 강처럼 길다."라 했다 한다. 그러나 얼마 뒤 한 문장가

가 "선생지덕先生之德 산고수장山高水長" 여덟 자 중 덕德 자를 풍風
자로 고쳤다는 이야기를 나는 그때 금아 선생에게서 처음으로
들었다.[4]

그렇다. 홍순언과 엄자릉의 처신은 너그러움이니 덕으로 볼
것이 아니다. 그것은 멋이요, 풍류요, 낭만이요, 예술인 것
이다. 자식을 사랑하고 부모를 위하는 것이 윤리라면 윤리는 동
물에게도 있다. 그러나 동물에게서 순언과 자릉의 풍류를 기대
할 수는 없는 일. 선생과 함께 우리는 멋과 '삶의 예술인'을 기다
린다. 그리고 그런 경지에 도달한 사람을 찬양한다.

68

도연명의 '허실유여한虛室有餘閑'이라는 시구는 선미禪味는 있을지
모르나 아늑한 감이 적다. ― 「가구」

허虛는 노자老子의 가르치는 바요, 한閑은 장자莊子의 예찬하는
바다. 그들은 본의 아니게 불가佛家와 가깝다. 그중에서도 미타

---

4) 이 일화에 대해 금아 선생의 기억에 혼선이 있었던 것으로 보인다. 『고문진보古文
眞寶』 주석에 따르면 범중엄이라는 이가 엄광이 살던 곳에 태수로 부임해온 뒤에
엄광의 사당을 짓고 거기에 찬문을 더했는데, 그가 글을 쓰는 것을 옆에서 지켜
보던 선비가 덕德 자를 풍風 자로 고치기를 권하지 범중엄이 이를 수용했다고 한
다.

彌陀의 불가보다는 공空을 설하는 반야계般若系 불가에 가깝고, 한 겹 더 나아가면 달마達摩의 후예로서의 선사禪師들과 가깝다.

그러나 불佛은 사람人이 아닌弗 무엇이다. 사람으로서의 한계를 넘어 번뇌의 초극을 지향하기에, 그것을 이루느냐 이루지 못하느냐와 상관없이 불가는 속리俗離이거나 탈속脫俗인 것이다.

불佛이 아닌 우리는 가구를 사랑한다. 크지는 않으나 조촐한, 졸부의 가구가 아닌 선비의 가구를 사랑한다. 그렇더라도 우리가 끝내 속俗에 머물 수만은 없으니, 우리는 몸을 '속'에 두고 정신은 '속'을 떨어버린다. 추사秋史의 세한도歲寒圖처럼 적막한, 필요치 않은 것을 다 떨었지만 단칸 집과 더불어 송백松柏 두어 그루를 옆에 두어야만 하는, 우리는 선비요, 문화인인 것이다.

선비의 가구는 '속'과 '탈속' 사이에 있다.

69

"말은 은이요, 침묵은 금이다."라는 격언이 있다. 그러나 침묵은 말의 준비 기간이요, 쉬는 기간이요, 바보들이 체면을 유지하는 기간이다. 좋은 말을 하기에는 침묵을 필요로 한다. 때로는 긴 침묵을 필요로 한다. 말을 잘한다는 것은 말을 많이 한다는 것이 아니요, 농도 진한 말을 아껴서 한다는 말이다. 말은 은같이 명료할 수도 있고 알루미늄같이 가벼울 수도 있다. 침묵은 금같이 참을성 있을 수도 있고 납같이 무겁고 구리같이 답답하기도 하다. 그러나 금강석 같은 말은 있어도 그렇게 찬란한 침묵은 있을 수 없다. - 「이야기」

침묵으로부터 나온 말이라야 참다운 말이 된다. 그것을 모르는 강사는 '명강사'일지는 모르나 '진眞강사'는 아니다. 말은 끝에 이르러 침묵으로 돌아가야 한다. 그렇지 못한 말 또한 '말'일 뿐 '말씀'이 아니다.

평소에 하시는 금아 선생의 말씀은 그대로 옮기면 글이 될 정도로 곱고 산뜻하다. 나는 그분의 강의를 들은 적은 없으나 그분이 하시는 주례사를 들은 적은 있다. 유머와 함께 삶을 향한 따스한 정이 느껴지는, 입가에 웃음이 떠오르고 돌아서면 가슴 안에 두어 방울 이슬이 지는 그런 주례사였다. 선생의 '말씀'에는 침묵, 또는 침묵과 이웃사촌인 생략과 함축이 있었고, 글에서도 또한 그러하였다.

70

나는 거짓말을 싫어한다. 그러나 이야기를 재미있게 하기 위하여 거짓말을 약간 하는 것은 그리 나쁜 일은 아니다. 영국에서는 남에게 해를 끼치지 아니하는 거짓말을 하얀 거짓말이라고 하고, 죄 있는 거짓말을 까만 거짓말이라고 한다. 이야기를 재미있게 하기 위하여 하는 거짓말은 칠색이 영롱한 무지개빛 거짓말일 것이다.
―「이야기」

　명상은 흰색이든 검은색이든 단색이든 무지개색이든 간에 사물에 생각이나 감정을 덮씌워 바라보는 것을 금한다. 통찰명상을 수행하는 사람은 오직 실제實際를 추구할 뿐이다. 그럼으로써 깨달음에 이른다면, 그 깨달음은 약수처럼 맑고 하늘처럼 자취없을 것이다.
　그러나 성자가 아닌 나에게는 흰색이 검은색보다 좋고, 무지개색이 단색보다 좋을 때가 있다. 짐짓 거짓을 사랑하는 때도 없지 않다. 오히려 거기에 장난이 있고, 애교가 있고, 유머가 있고, 살가움이 있을 수 있다. 그 즐거움을 끝내 끊지 못하는 나는 천상 명상의 높은 경지에는 이르지 못하리라.
　또 한 가지, 내가 명상을 한다면서 경지에 오르지 못하는 것은 이야기를 너무 좋아해서일지도 모른다. 내가 사랑하는 것에 화제가 미칠 때 나는 그것을 참아내는 데 서툴다. 마음이 잘 챙겨질 때는 제법 되는 듯하지만 아름다운 일, 고운 사람, 절실한 사상을 만나면 언제 적 그랬더냐는 듯 그에 빠져 버린다.
　그러고나서 후회한다. 그러나 나의 후회가 '불이과5)'에 이르

5) 불이과不貳過: 잘못을 두 번 되풀이하지 않음. 공자가 제자 안회顔回, 顔子를 칭찬한
　　말로, 「논어」에 나온다.

지 못하는 것은 내가 안자의 경지에 이르지 못했기 때문만은 아니다. 이야기를 사랑하기 때문이다. 삶의 아름다움에 대한 이야기를 너무나도 좋아하기 때문이다.

71

‘인조人造’라는 말이 붙은 물건을 나는 싫어한다. ‘합성合成’이라는 말이 붙은 물건도 나는 싫어한다. 그리고 ‘플라스틱’ 접시에 담긴 음식을 먹어야 할 때면, 진열장에 내논 ‘비프스테이크’를 볼 때와 같이 속이 아니꼬워진다. 물론 칠한 입술, 물들인 머리칼, 성형외과에서 만든 쌍꺼풀, 이런 것들도 인조라는 말은 아니 붙었지만, 내가 싫어하는 것들이다. - 「모시」

인조와 합성은 인위人爲의 산물이다. 인위는 자연自然에 상대되는 바, 자연이란 ‘스스로自 그러한然’ 것이다.

물은 스스로 그러히 흐르고, 바람도 스스로 그러히 분다. 인간이 아닌 그 어떤 것도 자기가 가는 길을 조작하지 않건만 오직 인간만이 조작하고 왜곡하고 덧붙이고 비트는데, 노자는 이를 ‘인위’라 불렀다.

노자와 함께 룻소는 “자연으로 돌아가라.”고 말했다. 노자와 룻소가 이렇게 말한 것은 인간에게 인위와 조작 이전의 자연성이 있음을 염두에 두어서였을 것이다. 아기를 보라. 아기는 '스스로 그러히' 웃고, 울고, 놀고, 산다. 아니, '산다'는 것까지도 이미 인위적인 어른에게나 해당되는 말이다. 아기는 단지 거기에 그러히 있다. 마치 하얀 새털구름처럼, 여린 나뭇잎처럼.

5. 토스카니니 같은 지휘자 밑에서 플루트를 분다는 것

─ 겸허, 소욕지족少欲知足

72

지휘봉을 든 오케스트라의 지휘자는 찬란한 존재다. 그러나 토스카니니 같은 지휘자 밑에서 플루트를 분다는 것은 또 얼마나 영광스러운 일인가. ─「플루트 플레이어」

젊은 시절에 나는 가진 것이 별로 없었다. 몸도 마음도 재능도 가난하던 그때, 나는 "사람이 훌륭하다는 증거는 그 마음이 선한가 그렇지 않은가에 달려 있을 뿐이다."라는 베토벤의 말에서 큰 위안을 얻었다. 우수한 능력과 선한 마음. 나는 우수함에 있어서는 부족할지라도 마음만은 선하고 싶었고, 그런 생각이 담긴 동화 「나무와 아이」로써 한 신문사의 신춘문예에 당선될 수 있었다.

누군들 지휘자가 되고 싶지 않으랴. 누군들 선망의 눈길을 받

고 싶지 않으랴. 그러나 영광의 좌座가 나의 차지가 아님을 알아
버린 우리는 어떻게든 자신을 위로하지 않으면 안 된다.

아니다, 위로가 아니다. 거기에 행복이 있음을 우리는 안다.
'동쪽 울타리 아래 국화를 따 들고' 무욕하게 바라보는 '남산'[6].
겸허한 마음으로 토스카니니 밑에서 플루트를 부는 즐거움. 거
기에는 조촐함이 있다. 자족自足이 있고, 흔연欣然함이 있다. 삶
은 이런 방식으로 불평등을 평등화하는 것일 터이다.

<h1 style="text-align:center">73</h1>

오케스트라와 같이 하모니를 목적으로 하는 조직체에 있어서는
멤버가 된다는 것만도 참으로 행복한 일이다. 그리고 각자의 맡은
바 기능이 전체 효과에 종합적으로 기여된다는 것은 의의 깊은 일
이다. 서로 없어서는 안 된다는 신뢰감이 거기에 있고, 칭찬이거나
혹평이거나 '내'가 아니요 '우리'가 받는다는 것은 마음 든든한 일
이다. 자기의 악기가 연주하는 부분이 얼마 아니 된다 하더라도, 그
리고 독주하는 부분이 없다 하더라도, 그리 서운할 것은 없다. 남의
파트가 연주되는 동안 기다리고 있는 것도 무음無音의 연주를 하고
있는 것이다. - 「플루트 플레이어」

6) 채국동리하採菊東籬下 유연견남산悠然見南山: 도잠陶潛의 시 「음주飲酒」의 한 구절.

나와 너 사이에는 거리가 있다. 다만 그 사이에 무언가가 흐르고 있으면 우리는 친구 사이이다. 친구 사이에는 따뜻한 무언가가 흐르게 마련이고, 그래서 그 공간은 빈 것이 아니다. 그 채움을 통해 나와 너는 '우리'가 된다.

사람의 삶은 얼마나 고독한가. 그리하여 사람은 나와 너의 관계를 '우리'로 바꾸고 싶어한다. 내가 너와 더불어 '우리'가 될 때 삶의 힘겨움이 반으로 줄어든다. 그리하여 네가 연주하는 동안의 나의 기다림은 너의 연주가 되고, 내가 연주하는 동안 너의 바라보아 줌은 나의 연주가 된다. 그리고 그 둘이 합쳐져 우리의 연주가 된다.

74

〈전원 교향악〉 제3장에는 농부의 춤과 아마추어 오케스트라가 나오는 장면이 묘사되어 있다. 서투른 바순이 제 때 나오지를 못하고 뒤늦게야 따라 나오는 대목이 몇 번 있다. 이 우스운 음절을 연주할 때의 바순 플레이어의 기쁨을 나는 안다. 팀파니스트가 되는 것도 좋다. 하이든 교향곡 94번의 서두가 연주되는 동안은 카운터 뒤에 있는 약방 주인같이 서 있다가 청중이 경악하도록 갑자기 북을 두들기는 순간이 오면 그 얼마나 신이 나겠는가. 자기를 향하여 힘차게 손을 흔드는 지휘자를 쳐다 볼 때, 그는 자못 무상의 환희를 느낄 것이다. -「플루트 플레이어」

플루트면 어떻고, 바순이면 어떻고, 팀파니면 어떠랴. 제1바이올린이든 제2바이올린이든 좋다. 굳이 지휘자가 되고 악장이 되어야 하는 것은 아니니, 요점은 '내 자리'가 아니라 '우리의 화음'이기 때문이다.

"어울리되 하나 되지 말라."는 것은 공자의 말씀이거니와, 그리하여 장미가 장미일 때 국화는 국화여야 한다. 패랭이꽃이라도 좋다. 달개비꽃이라도 좋다. 문제는 꽃이 피느냐 피지 않느냐이지 화려한 꽃이냐 소박한 꽃이냐가 아니다.

장미와 백합을 꽃의 여왕이라고 여기는 사람은 꽃을 모르는 사람이다. 꽃은 어느 꽃이든 꽃이고, 사람 또한 어느 사람이든 사람이다. 피어난 꽃으로서 곱지 않은 것이 없듯이 성숙한 사람으로서 매력 없는 사람은 없다.

75

현대문명이 자랑하는 디젤 기관차도, 제트기도, 우주선도, 생각하면 다 장난감에 지나지 않는다. 언젠가 내가 묻힐 때가 오면 내 책상 서랍 속에 있는 마블을 넣어 주었으면 한다. 골동품 수집가는 청자 찻잔 하나 가지고 가지 못할 것이요, 부잣집 부인이라도 진주 반지 하나 끼고 가지 못하지마는, 아무리 탐욕스런 세상이라 하여도 나의 구슬은 그대로 남아 있을 것이다. – 「장난감」

진시황은 수만의 병마용兵馬俑을 부장시켰다. 사람을 순장시킨 황제도 있었다. 이들은 갖는다는 것의 의미를 몰랐던 사람들이다.

갖는다는 것은 사랑한다는 것이다. 사랑이 없을 때 다이아몬드는 반짝이는 돌멩이에 지나지 않고, 진실한 애정이 있다면 쓰다듬는 손길 한 번이 천금보다 값질 수 있다.

그러니 사랑할 일이다. 내일 갖고 싶은 것을 바라기에 앞서 지금 갖고 있는 것을 돌아볼 일이다. 새파란 빛을 발하는 유리 구슬 하나. 그 구슬을 오랫동안 들여다보며 '왜 슬플 때는 구슬이 더 파랗게 보이는 것일까'를 생각한 적이 있다. 그런 구슬이라야 그 구슬은 진정 내 것이 된다. 물건 또한 '길들여질' 경우에만 '참으로 보이는' 법이다.

76

나는 범속한 사람이기 때문에, 달이 태양의 빛을 받아 비치듯, 이탈리아의 피렌체가 아테네의 문화를 받아 빛났듯이, 남의 광영에

힘입어 영광을 맛보는 것을 반사적 광영으로 여긴다. - 「반사적 광영」

뉴질랜드에서 공부하는 아들이 방학을 맞아 집에 왔다. 나는 아들에게 항성 같은 사람과, 혹성 같은 사람, 위성 같은 사람에 대해 말해 주었다. 아들이 항성이 되기를 바라는 마음에서였다. 나 자신이 항성 같은 사람이 되지 못한 아쉬움을 담아서 한 말이었다.

그러나 금아 선생의 글을 읽으면서 나는 스스로 나무란다. 아직도 내 마음이 무욕에서 멀다는 것을 느꼈기 때문이다. 수십억 년째 태양을 따라 돌고 있는 지구가 과연 태양을 부러워하겠는가. 오히려 태양을 돌 수 있게 된 것을 고맙게 여기지 않을까.

달 또한 마찬가지. 지구를 따라 돌면서 태양빛을 반사하는 달은 자기가 위성임을 즐거워하리니, 나 또한 내가 이루지 못한 공적을 이루어낸 이들을 '부러움 없이 찬양'해야겠다. 어쩌면 그 찬양은 또다른 의미의 '공적'일지도 모른다.

77

미국 보스턴 가까이 있는 케임브리지라는 도시에 롱펠로의 「촌 대장장이」라는 시로 유명해진 큰 밤나무가 하나 서 있었다. 이 나무가 도시 계획에 걸려 물의를 일으킨 일이 있었다. 신문 사설에까지 대립된 논쟁이 벌어졌으나, 마침내 그 밤나무는 희생이 되고 말았다. 소학교 학생들은 1센트씩 돈을 모아 그 밤나무로 안락의자를 하나 만들어 롱펠로에게 선사하였다. 시인은 가고 의자만이 지금도 그가 살고 있던 집에 놓여 있다. 나는 잠깐 그 의자에 앉아 보았다. 그리고 누가 보지 않았나 하고 둘러 보았다. – 「반사적 광영」

롱펠로가 살아 있어서 선생이 자신의 의자에 앉은 것을 보았더라면 그는 빙그레 미소지었을 것이다. 만일 무서운 얼굴로 손님을 쳐다보았다면 그는 그 의자에는 앉을 가치도 없을 것이니, 너그러운 마음은 겸손한 마음과 함께 주인이 되고 손님이 된다.

내가 이 글을 쓰고 있는 것 또한 선생이 롱펠로의 의자에 앉아보는 것과 같은 건 혹 아닐까. 그리고 나 또한 이 글을 읽고 선생이 무서운 얼굴로 나를 쳐다보시지나 않을까 조바심이 나고, 그럴 리 없으리라고 자위도 해본다. 부디 나의 이 노릇이 선생이 밤나무 의자에 앉았던 것처럼 무탈하게 마무리 되기만을 바랄 뿐이다.

78

나는 우선 내 마음대로 쓸 수 있는 돈이 지금 돈으로 한 5만 원쯤 생기기도 하는 생활을 사랑한다. 그러면은 그 돈으로 청량리 위생 병원에 낡은 몸을 입원시키고 싶다. 나는 깨끗한 침대에 누웠다가 하루에 한두 번씩 더웁고 깨끗한 물로 목욕을 하고 싶다. 그리고 우리 딸에게는 생일날 못 사준 비로드 바지를 사주고, 아내에게는 비하이브[7] 털실 한 폰드[8] 반을 사주고 싶다. 그리고 내 것으로 점잖고 산뜻한 넥타이 몇 개를 사고 싶다. 돈이 없어 적조해진 친구들을 우리 집에 청해 오고 싶다. 아내는 신이 나서 도마질을 할 것이다.
– 「나의 사랑하는 생활」

수필가는 누군가로부터 받은 호의를 먼저 나에게 베풀지만 끝까지 거기에만 머물지는 않는다. 딸과 아내에게 선물을 하고 나서 돈이 없는 친구들을 초대한다. 작가의 씀씀이는 나로부터 시작하여 남에게 이르는 것이다.

처음부터 남을 위하는 것이 아니라 먼저 나를 위한 다음에 남을 위하는 것. 이것이 성자는 아니지만 아예 범속으로는 떨어지지는 않는 수필가의 방식이다. 그 길에서 수필가는 나도 좋고 남도 좋은 조화점에 도달한다. 나는 괴롭지만 너는 즐거운 상황은 어딘지 불편한 데가 있다. 나도 즐겁고 너도 즐거운, 자타가 조

---

7) 비하이브beehive 털실: 짐승의 털이나 인조털로 만든 실. (편집자 주)
8) 폰드pond(기호 p): 중량 단위인 그램gram(기호 g)을 독일에서는 폰드라 한다. 본문의 '한 폰드'는 1킬로폰드(kp), 즉 1킬로그램(kg)을 의미하는 것으로 보인다. (편집자 주)

화로운 그 길이야말로 '신이 나서 도마질을 하'는 길인 것이다.

「나의 사랑하는 생활」은 내가 선생의 글을 읽은 맨처음 것이었다. 중학교 교과서에 이 글이 실려 있었던 것이다. 그로부터 수십 년이 지난 지금, 나는 아직도 내가 사랑하는 생활을 선생 차원의 수필로 쓸 만큼 성숙하지 못한 채로 있다. 욕심이 있기 때문일 것이다. 너그러움과 한가로움이 부족하기 때문일 것이다.

79

나는 잔디를 밟기 좋아한다. 젖은 시새를 밟기 좋아한다. 고무창 댄 구두를 신고 아스팔트 위를 걷기 좋아한다. 아가의 머리칼을 만지기 좋아한다. 새로 나온 나뭇잎을 만지기 좋아한다. 나는 보드랍고 고운 화롯불 재를 만지기 좋아한다. 나는 남의 아내 수달피 목도리를 만져보기 좋아한다. 그리고 아내에게 좀 미안한 생각을 한다.
– 「나의 사랑하는 생활」

모두가 부드러운 것들이다. 노자는 부드러운 것이 강한 것보다 강하다는 것을 말하기 위해 물을 예로 들었거니와 선생은 생활 속에서 흔히 만나게 되는 여러 가지를 부드러움의 예로 들고 있다.

부드러움을 예찬한 점에서는 노자와 같지만 선생에게는 노자와 다른 점이 있다. 노자에게 물은 강한 것에 대비된다. 하지만 선생에게 잔디와 시새, 나뭇잎이나 화롯불 등은 험하고 거친 것들에 대비되는 부드러운 것들이 아니다.

왜 굳이 부드러움이 강함에 대비되어 강철보다 강할 필요가 있단 말인가. 왜 굳이 부드러운 것이 강한 것과 싸워 그것을 이겨야만 한단 말인가. 선생의 세계는 비교하고 평가되는 세계가 아니라 비교없이 그 자체만으로 음미되는 세계이며, 이기느냐 지느냐로 갈리는 세계가 아니라 승패와는 멀리 떨어져 느끼고 맛보고 즐기는 세계이다. 그리하여 선생의 세계는 행복이 가득한 세계, '나의 사랑하는 생활'로서의 세계이다.

80

나는 아홉 평 건물에 땅이 50평이나 되는 나의 집을 좋아한다. 재목은 쓰지 못하고 흙으로 지은 집이지만 내 집이니까 좋아한다.
- 「나의 사랑하는 생활」

무소유는 붓다가 예찬하신 바요, 소욕지족은 옛 현철들이 가르치신 바이지만 성자도 출가자도 아닌 우리에게는 집이 꼭 필요하다. 집 없는 설움을 겪어 보지 않은 이가 어찌 알랴. 아홉

평이든 열네 평이든 그것은 다음 문제다. 아무도 방해하지 않는 공간이 마련되었다는 것만으로, 젊은 신랑와 새색씨는 밤잠을 이루지 못하는 것이다.

81

수필은 독백이다. – 「수필」

작가는 글을 쓸 때 의식적이든 무의식적이든 독자를 상정한다. 저급한 작가는 독자를 낮게 상정하고, 그래서 독자의 비위를 맞추려는 아첨과 치장과 중언부언이 나타나지만 금아 선생은 독자를 당신과 동격으로 상정한다. 말을 바꿔 선생의 글은 '친구에게 보내는 편지'이거나, 자신을 향한 '독백'으로서 씌어진다. 그러니 행여 이해하지 못할까 봐 재샘재사 요점을 반복하는 일이 없다.

"수필은 청자연적이다."까지는 재능있는 작가라면 쓸 수도 있는 말이다. 그러나 보통의 작가는 독자에 대한 자상함이 지나친 나머지 부연한다. "왜냐하면 사소한 소재를 다룬다는 점에서 수필은 벼루가 아닌 연적이요, 그러면서도 단아하게 빚어진다는 점과, 높은 품격을 갖는다는 점에서 그것은 값진 청자인 것이다."

그러나 친구와 자기 자신을 독자로 삼는 선생은 그럴 필요가 없다. "수필은 청자연적이다."로 이미 해야 할 말은 끝났다. 글은 "난이요, 학이요, 청초하고 몸 맵시 날렵한 여인이다."라는 다음 소재에 대한 언급으로 이어진다.

나는 가치를 두 가지로 본다. 하나는 자기자족自己自足 적인 가치이고, 다른 하나는 타인타물他人他物 의존적인 가치이다. 전자를 '골방의 가치', 후자를 '광장의 가치'라고 부르기도 한다. 둘 가운데 기본이 되며 진정한 것은 전자이다. 후자는 전자의 부산물일 뿐 그 자체가 목적이 될 수는 없다.

선생의 글은 자기자족으로부터 창작되어 흘러나온다. 그리하여 순수하고, 고결하다. 언제쯤 나는 타인의 평가에 연연하지 않는, 글 그 자체만으로 자족하고 만족하는 글을 쓸 수 있을까. 선생 같은 무욕과 선생 같은 소년지심少年之心에 이르지 못하는 한, 대답은 영원히 "아니오"일 것이다.

금아 수필은 하나의 경지이다. 그것은 글이지만 또한 인품인 것이다.

82

수필은 청춘의 글은 아니요, 서른여섯 살 중년 고개를 넘어선 사람의 글이며, 정열이나 심오한 지성을 내포한 문학이 아니요, 그저 수필가가 쓴 단순한 글이다. — 「수필」

소년이 바라보는 중년과 중년이 느끼는 중년은 다르다. 소년에게 중년은 죽음에 가까워지는 것이지만 중년에게는 중년 또한 소년 못지 않게 살 만한 것이다. 다만 그것은 '정열'적이지는 않은 대신 '온아우미'하고, 심오하진 않더라도 다정다감하다. 중년의 글은 '단순한 글'이다. 그러나 그 단순이 '무미건조'하다는 뜻은 아니다.

평균 수명이 길어진 요즘 들어 '서른여섯 살'을 '중년 고개'로 보기는 좀 아쉽다. 그러나 어쩌랴. 서른여섯부터가 중년이든 마흔둘부터가 중년이든 무슨 상관이겠는가. 문제는 나이를 먹어 갈수록 '온아우미'해지고 다정다감해지냐 그렇지 않으냐의 여부이다. 품위와 정이 많아지는 중년이라면, 소년만은 못하겠지만 그래도 삶은 누려볼 만한 것이리라.

83

파도는 언제나 거세고 바다 밑은 무섭다. 나는 수평선 멀리 나가지도 못하고, 잠수복을 입는다는 것은 감히 상상도 못할 일이다. — 「서문」

다겁多怯은, 용자勇者에게는 비웃음의 대상이겠지만 우리 범속한 사람에게는 나를 보호하는 '덮개'이다. 어린 왕자는 장미꽃을 위해 유리 덮개를 씌워 주었다. 국가 지도자들에게 어린 왕자 같은 마음씨가 있었다면, 우리 국민들은 그들이 씌워 주는 유리 덮개를 믿고 자신이 겁 많다는 것을 굳이 느끼지 않아도 좋았을 것이다.

나라가 없던 시절을 '서른 여섯'까지 사셨던 선생이다. 칼을 쥔 이민족 사람들이 눈을 부라리며 지식인들을 노려보던 시절, 어찌 겁나지 않을 수 있었으랴. 하물며 아직 힘이 자라지 않은 소년이요 청년이던 그 시절. 그렇듯 '파도는 거세고' '바다 밑은 무서'웠다.

그러나 그렇다고 해서 '바다'를 그리워하지 않을 수는 없었다. 그리고 마침내 해방. '수평선'이 환히 열리고 그 위로 무지개가 떠오를 때, 비로소 지난 날의 겁 많음이 눈물로 앞을 가린다. 그 것은 서대문 형무소에서 고초를 받던 이들을 위한 눈물이었다. 나 자신을 위한 눈물이기도 했을 것이다.

84

수필은 그 쓰는 사람을 가장 솔직히 나타내는 문학 형식이다. 그 러므로 수필은 독자에게 친밀감을 주며, 친구에게서 받은 편지와도 같은 것이다. - 「수필」

　수필이라는 걸 딱 한 편 써보았는데 그 글이 『현대문학』지의 수필 추천작으로 뽑히게 되었다. 응모한 지 일 년이, 잡지에 실린 지 여섯 달이 지난 다음에야 알게 되어 선자選者인 조연현 선생을 찾아갔었다.

　선생은 내 글을 다시 한 번 읽으시더니 고개를 끄덕이며 "수필 쓰겠군." 하셨다. 그리고 나선 프랑스 이야기를 삼십 분쯤 하셨는데, 요점인즉 수필은 만만한 문학이 아니라는 것이었다.

　선생에 따르면 프랑스의 문학 예술원 회원을 새로 뽑을 때는 수필(에세이)로서 평가를 한다고 한다. 회원 한 사람이 결원이 생겼을 때 새 회원이 되기 위해 대기하고 있는 문학가는 열도 넘고 스물도 넘는다. 그중 누가 회원이 되든 문학적 성과로 보면 문제가 없다. 그래서 중요한 것은 문단 원로로서의 인품이다. 그러나 인품은 심사할 수 없으므로 그가 쓴 수필을 읽으며 그의 인품을 헤아려 본다는 것이다.

　시의 경우 이미지만을 남기고 시인은 뒤로 숨을 수가 있다. 소설이나 희곡 또한 주제만 남기고 작가는 나타나지 않을 수 있다. 그러나 수필만은 작가가 전면에 나타나야 한다. 그만큼 솔직한 문학이 수필이요, 따라서 수필은 쓰는 사람의 인격, 인품을 고스란히 드러낸다.

장 그르니에의 에세이는 그런 배경에서 탄생한 것인지 모른다. 그런 점에서 『어린 왕자』도 생텍쥐페리의 수필적 동화일지 모른다. 그러나 문학 예술원 회원이 될 까닭이 없는 우리 평범한 수필가도 그저 솔직하게 하고 싶은 말을 쓰면 그것으로 족하다. 좋은 글을 읽고 감상하는 것으로 만족하면 된다.

85

봄이 오면 젊은이는 가난을 잊어버린다. 그러기에 스물여섯 된 무급조교無給助敎는 약혼을 한다. 종달새는 조금 먹고도 창공을 솟아오르리니, 모두들 햇볕 속에 고생을 잊어보자. 말아두었던 화폭을 펴나가듯 하루하루가 봄을 전개시키려는 이때. - 「조춘」

'조금 먹고 창공을 솟아오르'는 것은 종달새이자 또한 우리이다. 가진 것이라곤 가진 것이 없다는 그것뿐이던 그때, "그러니까 죽어야지."라고 말하는 대신 "그러니까 살아야지."라고 말하던 그때, 그때는 언제나 봄날이었다. 봄날 중에서도 이른 봄날이었다.

계절은 태양과 지구가 어우러져 만들어내는 최고의 걸작품이다. 무상無常이라는 말은 본래는 변화를 의미한다. 따라서 낙엽이 지는 것만이 무상이 아니라 새순이 돋아나는 것도 무상일 수 있다. 그렇듯 무상하게 시간은 돌고 계절은 다시 온다. 그 사이에 인생이 있다. 그 변화에서 우리는 힘을 얻는다.

86

"인생은 빈 술잔, 카펫 깔지 않은 층계, 사월은 천치와 같이 중얼거리고 꽃 뿌리며 온다."

이러한 시를 쓴 시인이 있다.

"사월은 잔인한 달."

이렇게 읊은 시인도 있다. 이들은 사치스런 사람들이다. 나같이 범속한 사람은 봄을 기다린다. ―「봄」

봄을 노래하는 옛 한시漢詩들이 많다. 그것들이 비록 좋기는 하지만 마음에 들지 않는 점은 봄을 '춘春'이라고 칭한다는 것이다. 우리에게 봄은 '춘'이 아니라 '봄'이라야 한다. 봄! 'ㅂ'과 'ㅁ' 사이에 모음 'ㅗ'가 어울려 들려오는 이 소리만으로 훈훈한 기운을 느끼게 된다.

봄은 봄視이다. 바라보고 느끼는 것이 봄인 것이다. 이렇듯 봄은 눈으로부터 오고, 다음엔 피부로 느껴진다. 그러다가 귀로, 코로 느껴지고, 마지막엔 '푸성귀를 씹는 맛'으로까지 느껴지는 것. 그런 봄이 어찌 '잔인'할 수 있단 말인가. 어찌 '천치'일

수 있단 말인가.

봄이 잔인하다면 그것은 너무 고마워서 투정으로 한 말일 것이다. 봄이 천치라면 감각 기능을 잃은 사람에게나 그러할 것이다. 다행히도 우리는 "이른 아침 종달새 소리를 좋아하며, 꾀꼬리 소리를 반가워하며, 봄 시냇물 흐르는 소리를 즐기는" 사람들이다. 봄은 단어만으로도 이미 즐거움이다.

87

마음대로 쓸 수 있는 돈이 있다는 것은 참으로 유쾌한 일이다. 이런 돈을 용돈이라고 한다. 나는 양복 호주머니에 내 용돈이 7백 원만 있으면 세상에 부러운 사람이 없다. 그러나 3백 원밖에 없을 때에는 불안해지고 2백 원 이하로 내려갈 때에는 우울해진다. 이런 때는 제분회사 사장이 부러워진다. - 「용돈」

자유는 모든 사람이 바라는 바이지만 대개의 경우 평등과 대립한다. 제분회사 사장에게는 수표가 있고 고관대작에게는 골드카드가 있지만, 어떤 샐러리맨에게는 용돈이 떨어지는 때가 있다. 자본주의는 우리를 자유로이 살도록 허락해 주는 대신 불평등의 감수를 요구한다.

"자유는 정신의 문제일 뿐 물질의 문제는 아니다."라고 말하는 사람이 있다. 이들은 성자이거나 거짓말쟁이다. 그러나 어찌 성자가 쉽겠는가. 그래서 그런 말을 자주 입에 올리는 사람을 나는 믿지 않는다. 차라리 나는 "용돈이 줄어들면 불안하고, 떨어지면 우울해진다."는 수필가의 말을 믿으련다. 그런 사람과 차 한 잔을 마시면서, 그럼에도 불구하고 우리에게 남아 있는 것이 무엇인지 헤아려 보련다.

88

용돈으로 머리를 깎기도 한다. 용돈으로 머리를 깎는다는 것은 억울한 일이다. 그런데 나는 큰 호텔 이발소에서 이발을 한다. '그런데'가 아니라 '그래서' 사치스런 이발을 하는 것이다. – 「용돈」

"어쩔 수 없다면 즐겨라."라는 말이 있다. 용돈으로 머리를 깎을 수밖에 없는 상황에 대해서도 마찬가지. 그것이 어쩔 수 없는 상황이라면 즐길 수밖에는 없다. '그런데' 수필가는 거기에서 한 걸음 더 나아간다. 어쩔 수 없으니까 떠밀려서 즐기는 것이 아니라 어쩔 수 없이 누리게 된 즐거움을 한 단계 더 심화하는 것이다.

수필가는 거기에서도 더 나아간다. '용돈이 떨어지면 제분회사 사장이 부러워지'는 생활인이긴 하지만 유머를 구사할 줄 아는 것이 그것이다. 아무리 용돈이 적다 한들 이발비 정도야 어찌 궁하겠는가. 그럼에도 용돈으로 이발하는 것을 '억울'하다고 말하는 장면에서 우리는 자신을 낮추며 상황을 넌지시 눙치는 능숙한 유머를 본다.

자신을 낮추어 우스갯거리로 삼을 줄 아는 사람만이 구사할 수 있다는 점에서 유머는 인격이 성숙한 사람에게서만 기대될 수 있다. 선생에게는 그런 인격적 성숙미가 있다. 나는 선생의 그 성숙미, 그 유머 감각을 선생의 글솜씨 못지 않게 부러워한다.

89

천득千得이라 하면 그리 점잖은 이름은 못 된다. 이름이라도 풍채 좋은 것으로 바꿔 볼까 한 때도 있었다. 그러나 엄마가 부르던 이름을 내 어찌 고치랴! 아무려나 50년을 나와 함께하여 헌 책등같이 된 이름. 금박으로 빛낸 적도 없었다. 그런대로 아껴 과히 더럽히지 않았으면 한다. ─「피가지변」

이름은 사람 그 자체가 아니라 일종의 액세서리이다. 그럼에도 불구하고 사람을 처음 알게 되면 이름부터 묻게 마련이다.

처음 듣는 이름으로서 '피천득'이라는 이름이 아주 멋지게 들리지는 않는다고 작가 스스로 고백하고 있다. 이런 경우 필명을 사용하는 작가들이 있었다. 정식廷湜은 소월素月로, 동탁東卓은 지훈芝薰으로, 영종詠鐘은 목월木月로 이름을 삼았다. 금아 선생은 그렇게 하시지 않았다. 엄마가 불러주시던 이름을 버릴 수 없었던 것이다.

그리고, 지금 그 이름은 어떠한가. 피천득이라는 작가를 알고 그분의 글에 익숙해진 지금, 우리 독자들에게 피천득이라는 이름은 다른 이름으로 대체할 수 없는 멋진 이름이 되어 있다. 우리는 피천득이라는 이름에서 소월, 지훈, 목월 못지 않은 맑고 우아하고 고상한 문학적 향기를 느끼는 것이다.

"이름은 결코 진실 그 자체가 아니다."라는 노자의 말씀은 이 경우에도 진실이다.

90

어떤 사람은 "짧은 수명에서 잠자는 시간을 빼면 훨씬 짧아질 것이다."라고 말한다. 잠이 얼마나 흐뭇하고 달콤한가를 생각하지 않고 하는 말이다. 만약 천국에 잠이란 것이 없다면 그곳이 아무리 아름다운 곳이라도 나는 정말 가지 않겠다. 죽음이 긴 잠이라면 그것은 영원한 축복일 것이다. -「잠」

가난한 사람이 부자보다 더 많이 가진 것이 있다면 그것은 잠일지 모른다. 잠은 꿀처럼 달고, 엄마 품처럼 아늑하다. 그러나 부자는 꿀을 쓰게 먹고, 엄마 품보다는 사업과 명예를 더 좋아한다. 그러다 짜증을 내고 고혈압에 걸린다.

"당나귀와 함께 천국에 가게 하소서."라고 노래한 것은 시인 프란시스 잠이었다. 잠이 많은 나는 금아 선생과 함께 "잠과 함께 천국에 가게 하소서."라고 기도한다. 그곳이 기독교의 천국이든 불교의 극락이든 개의하지 않으련다. 그리고 그 천국을 반드시 죽은 다음에 가야만 하는 것도 아니다. 열심히 일하고나서 땀에 젖은 몸을 씻은 다음 마음만 먹으면 잠잘 수 있는 방이 있고 침대가 있다는 것, 그것은 천국이 내 집안에 있다는 것이다.

미인만 잠꾸러기인 것은 아니다. 행복한 사람 또한 잠꾸러기이다.

91

"예수의 이름으로 비옵나이다."하고 우리는 기도의 끝을 맺습니다. 어찌 "부자가 되게 해 주십시오."하는 기도를 드릴 수 있겠습니까. - 「기도」

종교계에 있으면서 느낀 것은 "부자가 되게 해 주겠소"라고

말하는 교당이 열 배로 커지는 동안 "마음을 조촐하게 가집
시다."라고 말하는 사원은 쌀을 구하기도 어렵다는 점이었다.
그러나 영혼과 마음이야 당연히 종교의 몫이라 하더라도 돈, 지
위, 명예, 건강까지 종교가 책임져 줄 수 있는 것일까.

"적은 욕심에 복이 있다."는 것이 성서의 가르침이요, "만족
은 으뜸가는 재산"이라는 것이 부처님의 말씀이다. 그렇다면 어
찌 성소에 들어가 "부자가 되게 하소서."라든가 "승진하게 하소
서." 같은 기도를 올릴 수 있으랴. 그런 기도가 혹 허용된다면
그것은 기원으로서가 아니라 하소연으로서의 기도일 때에 한
한다. 사람살이라는 것은 그렇게라도 하소연하지 않고서는 견
딜 수 없을 만큼 절박한 때가 가끔은 있는 법이니까.

92

"할아버지"하고 나를 부르는 소리를 처음 듣고 나는 가슴이 선뜻
해졌다. 그러나 금방 자연에 순응하는 미소를 띠었다. 나는 어려서
'할아버지'라는 사람의 종류가 따로 있는 줄 알았었다. 며칠 전 그
아이에게도 내가 그렇게 보였을 것이다. – 「송년」

어렸을 때를 기억하는 할아버지는 있어도 늙었을 때를 상상
하는 아이는 없다. 그런데 노인 중에는 노인이기만 한 노인과

노인이면서도 동시에 아이이기도 한 노인이 있다.

할아버지인 아이는 얼마나 좋은가. 나 또한 머지 않아 할아버지가 되리니, 그때 내가 '할아버지이기만 하고 아이는 아닌 할아버지'가 되지 않기를. 어린 시절을 기억하는, 그러나 '자연에 순응하는 미소를 띨' 줄 아는 할아버지가 되어 있기를.

6. 백합이 시들어갈 때
― 세월, 고통, 아쉬움

93

머문 듯 가는 것이 세월인 것을. –「오월」

해세歲 자와 달월月 자로 된 단어이지만 세월은 흐르는 것으로 우리 마음에 각인되어 있다. 흐르는 물처럼 쉼없이 왔다가 가는 세월. 그 세월이 지금 여기, 우리 앞에 있다. 내 앞에 있다.

지금 여기의 세월은 순간순간의 이이짐이며, 순간순간은 하나하나가 모두 금싸라기이다. 순간은 잠시 머물렀다가 반짝, 하고 사라진다. 금은 변하지 않는 금으로 남지만 세월은 마침내 사라지기에 오히려 보석이다.

옛 사람도 반짝이는 순간을 살았었고, 지금 우리도 순간을 살고 있다. 불꽃 같은 순간이다. 신록 같은 순간이다. 이 순간,

"어느덧 짙어지고 말 것이다." 성숙을 지나 사라질 것이다. 그런 세월이 단 한 문장으로 가슴을 저민다. "머문 듯 가는 것이 세월인 것을."

94

새색시가 김장 30번만 담그면 늙고 마는 인생. ―「송년」

이 한 줄만으로도 능히 수필이요, 충분히 문학이다. 한 문장 안에 인생이 담겨 있기 때문이다. 젊음의 싱싱함과 함께 늙음의 회한이 한 문장 안에 고스란히 담겼다.

갓 담은 풋풋한 김치가 신 김치가 되고, 그것을 다 먹기까지가 한 계절이다. 그 계절이 쌓여 한 인생을 이룬다. 말해 무엇하랴. 나 또한 한 때는 왕자였고 공주였거늘. 그때나 지금이나 해는 사과빛 노을 속에 떠오르고 이슬은 진주처럼 곱건만, 지금은 그때가 아니다.

모두가 세월 탓이다. 마음은 소년이라도 몸이 따라 주지 않는 탓이다. 몸이 늙어가면서 감수성이 둔해진 탓이다.

95

그 집을 들어서자 마주친 것은 백합같이 시들어가는 아사코의 얼굴이었다. - 「인연」

선생의 수필 「인연」은 수필이지만 또한 소설이기도 하다. 짧은 이야기 속에 기나긴 인생을 담고 있는 곱고 애잔한 소설로 읽을 수 있는 글이기도 한 것이다.

그 소설 속에서 스위트피 같은 소녀로 처음 만난 아사코는 십년 후, 목련 같은 영양이 되어 있었다. 그러나 다시 십여 년이 지난 다음 그녀는 시들어가는 백합이 되어 있었으니, 삶이란 이렇듯 고단하고 애달픈 것이련가.

백합은 그리스도의 비유로써 영원한 꽃이 되었거니와, 솔로몬보다 더 영화롭던 그 꽃은 「인연」에 이르러 애달픈 여인이 되었다. 그러므로 우리는 사랑해야 한다. 아직 스위트피 같은 소녀를, 아직 목련 같은 처녀를, 아직 싱싱한 백합 같은 시절을.

96

그리워하는데도 한 번 만나고는 못 만나게 되기도 하고, 일생을 못 잊으면서도 아니 만나고 살기도 한다. 아사코와 나는 세 번 만났다. 세 번째는 아니 만났어야 좋았을 것이다.

오는 주말에는 춘천에 가려 한다. 소양강 가을 경치가 아름다울 것이다. – 「인연」

얼마 전에 KBS에서 금아 선생의 책을 소개할 때 아나운서가 「인연」을 앞부분과 끝부분을 제하고 낭송하는 것을 보았다. 하지만 「인연」의 앞부분과 끝부분은 매우 중요하다. 춘천과의 인연, 그 인연이 성심여대와 관련이 있다는 것이 앞부분의 요지인데, 공공 기관에서 특정 대학을 내세우기가 뭣해서였다면 이해가 가지만, 글을 위해서라면 이 문장을 읽는 편이 좋았을 것이다.

선생은 글의 끝에 이르러 처음 시작했던 춘천을 다시 이야기한다. "오는 주말엔 춘천에 가려 한다. 소양강 가을 경치가 아름다울 것이다."가 그것이다. 서두에 꺼낸 주제나 소재를 끝부분에서 다시 끌어오는 이 수법은 선생의 가장 뛰어난 수필 중의 하나인 「수필」과 「오월」에서도 사용된 것으로서, 음미해볼 만한 깊은 의미가 있다.

금아 선생의 글에서 「인연」처럼 애잔한 사건을 다룬 예는 드물다. 요점은 부정적인 감정을 다루는 선생의 태도이다. 애잔함을 애잔함으로 끝내는 것은 매사에 밝고 긍정적인 금아 선생답지 않다. 그래서 선생은 "오는 주말엔 춘천에 가려 한다. 소양강 가을 경치가 아름다울 것이다."라는 구절을 이끌어 와 글을 마무리하게 된다.

이 한 줄에 의해 애잔한 사건은 밝고 맑은 금아 본래의 독특성을 회복한다. 비유하면 「인연」은 긍정이라는 액자에 담긴 애잔한 이야기이다. 첫부분과 마지막 부분을 '액자'로 삼아 그 안에 아사코 이야기라는 애잔한 '그림'이 그려져 있는 것이다. 이 비유에서 액자에 해당되는 첫부분과 끝부분은 애잔한 그림의 슬프고 처진 느낌을 밝고 긍정적인 것으로 끌어올려 중용의 상태로 회복시켜 주는 역할을 한다.

"슬프되 상심하지는 않는다哀而不傷."는 것은 중용을 얻은 옛 현자의 말씀이거니와, 금아 선생은 첫구절과 마지막 부분을 통하여 '슬픈' 이야기를 '상심하지 않는' 담연淡然한 경지로 끌어올리고 있는 것이다.

97

어떠한 운명이 오든지
내 가장 슬플 때 나는 느끼나니
사랑을 하고 사랑을 잃는 것은
사랑을 아니한 것보다는 낫습니다.

형은 한 중국 여동학女同學과 이루지 못할 사랑을 하였습니다. 그리고 여심餘心이라는 아호雅號를 지었습니다. 타고 남은 마음이라고.
– 「여심」

주요섭의 「사랑방 손님과 어머니」를 읽는 독자는 이해를 깊게 하기 위해 금아 선생의 수필을 반드시 읽을 일이다. 그 작품은 선생의 모친에게서 얻은 에피소드 중 소설화한 것이기 때문이다.

주요섭 선생과 금아 선생의 공통점은 두 분이 다 정인情人이라는 점이다. 거기에 또 한 사람을 더하여 영국 시인 테니슨이 있으니, 그리하여 그의 "사랑을 하고 사랑을 잃는 것은 사랑을 아니함보다 낫다." 시구는 두 분의 애송하는 바가 될 수밖에 없었으리라.

아니다. 그것은 세 분만이 아닌 우리 모두의 애송시가 되어야 한다. 더군다나 그 '나음'이 '내 가장 슬플 때' 느끼는 것이라면 시의 애처로움은 배가 되고, 네 배가 되어 우리의 가슴을 친다.

슬플 때 잃은 것을 생각하는 것은 인지상정이라 하더라도, 잃은 그것을 없었던 것보다 낫다고 여기는 것은 다정지인多情之人만이 느끼는 것일 터이므로. 우리 또한 그런 다정지인이거나 다정지인이고 싶기 때문에.

98

엄마는 나에게 어린 왕자 이야기를 하여 주었다. 나는 왕자를 부러워하지 않았다. 전복을 입고 복건을 쓰고 다니는 내가 왕자 같다고 생각하여서가 아니라 왕자의 엄마인 왕후보다 우리 엄마가 더 예쁘다고 믿었기 때문이었다. 그런 엄마가 나를 두고 달아날까 봐 나는 가끔 걱정스러웠다. 어떤 때는 엄마가 나의 정말 엄마가 아닌가 걱정스러운 때도 있었다. 엄마가 나를 버리고 달아나면 어쩌느냐고 물어 보았다. 그 때 엄마는 세 번이나 고개를 흔들었다. 그렇게 영영 가버릴 것을 왜 세 번이나 고개를 흔들었는지 지금도 나는 알 수가 없다. ─「엄마」

인간을 창조한 신의 최대 실수는 인간에게 사랑을 주었다는 것이다. 사랑을 주었으면 이별을 주지 말았어야 한다. 그러나 신은 사랑과 함께 이별을 주었다. 하지만 거기에서 문학과 예술이 시작된다는 점에서 보면 인간에게 사랑을 준 신의 창조는 신의 실수가 아니라 공적이라 해야 한다.

사랑을 하고 이별을 경험하면서 사람은 성숙된다. 사람이면 다 사람이 아니다. 삶은 곧 사랑이고, 사랑이 곧 삶이다. 사랑을 모르는 사람은 사람이 아니다. 나아가, 이별이 있는 사랑을 알 때만이 사람은 진정 사람이다.

엄마인들 왜 사랑을 버리고 떠나가야 하는 것이 인생이라는 걸 몰랐으랴. 다만 남편을 먼저 보낸 분으로서 아들에게까지 그런 삶을 주고 싶지 않았던 것이리라. 그러나 냉정도 한 신의 법칙, 운명의 법칙, 무상無常의 법칙이여! 결국 우리의 어머니들은 이 황막한 세상에 우리를 홀로 남겨 두고 떠나버린다.

당신은 나에게 삶이 무어냐고 묻는다. 그동안 아래위로 끄덕거리던 고개짓은 어머니를 잃는 날부터 가로저어진다. 그것도 세 번이다. 사랑이 있고, 이별이 있고, 회억回憶이 있는 삶은 참 멀고도 멀다.

99

울다가 더 울 수 없으면 죽은 엄마 생각을 했다. 그러다가 울음이 좀 가라앉았을 때 나는 멀리 어린 송아지가 엄마 소 옆에 서 있는 것을 바라보았다. 웬지 그 송아지가 부러웠다. 기차는 하루 종일 달렸다. 산이 그렇게 많은 줄은 몰랐다. -「그날」

"돛배는 가벼워 만 겹 산 지났네輕舟已過萬重山."는 천재 시인 이태백의 싯구이거니와, 그는 귀양살이에 풀려나 고향으로 가는 뱃길을 불과 일곱 글자만으로 주파走破하고 있다. 그러나 달리고 달리기만 하는 기차와, 넘고 넘어도 겹겹이 나타나는 산은 어린 아들의 마음이 태백의 경우와 다르기 때문이다.

바라노니, 귀양살이에 들었거든 얼른 풀려나 '만 겹 산'을 단숨에 지나기를. 그러나 엄마를 마지막 보러 가는 '겹겹 산'은 영영 보지 않게 되기를.

100

1932년 6월, 그가 일본 경찰에 체포되어 고국으로 압송된 후에도 그의 작은 화단에는 그가 가꾸던 여름꽃들이 주인의 비운도 모르고 피어 있었다. - 「도산」

도산은 금아의 큰 스승이시다. 금아에게만 큰 스승이 아니라 민족에게 큰 스승이었던 도산 선생. 민족의 독립을 위해 고군분투하시던 선생은 어느녘에 여름꽃을 가꾸었을까.

문제는 꽃에게 공감하는 마음이 없다는 점이다. 주인에게 비운이 닥쳤건만 꽃들은 그것을 모른다. 그리하여 수필가의 마음은 두 번 아프다. 주인에게 닥친 비운을 생각하며 한번 아프고, 주인의 비운을 모르는 꽃 때문에 또한번 아픈 것이다.

남이 웃는 모습을 보면 나도 웃게 되고, 남이 슬픈 모습을 보면 나도 슬퍼지는 건 사람에게 공감 능력이 있기 때문이다. 동물에게도 공감 능력이 있다고 주장하는 학자가 있지만 설사 그

렇다 한들 동물이 어떻게 도산 선생의 큰 뜻을 알며, 선생의 큰
뜻이 일경에 의해 좌절되는 걸 지켜보는 아픔을 알겠는가.

동물이 아닌 인간이기에 큰 뜻을 품고, 꽃이 아닌 인간이기에
큰 뜻을 품은 이의 좌절을 애달파한다. 삶이 큰 뜻을 요청한다
는 것은 삶에 불의한 구석이 있다는 것이다. 불의한 세상에서
인간미를 갖고 사는 것은 자주 아프다.

그 아픔을 홑겹으로 느끼면 보통사람이다. 겹겹으로 느끼면
정인情人이다. 세 겹으로 느낀 다음 빛깔, 소리, 언어로 풀어내
면 예인藝人이다.

101

내가 병이 나서 누웠을 때 선생은 나를 실어 상해 요양원에 입원
시키고, 겨울 아침 일찍이 문병을 오시고는 했다. 그런데 나는 선생
의 장례식에도 참례치 못하였다. 일경日警의 감시가 무서웠던 것
이다. 예수를 모른다고 한 베드로보다도 부끄러운 일이다. -「도산」

감사感謝가 오래 가는 것은 그분이 높기 때문이고, 후회가 오
래 가는 것은 내가 낮기 때문이다. 금아 선생은 도산에게서 감
사와 후회를 동시에 느낀다. 감사가 높을수록 후회는 깊어진다.
그 사이에 인간사가 있다.

사람으로서 병이 날 수도 있는 것이 인생이다. 그때 나를 요양해 줄 누군가가 필요하다. 조국이 병이 날 수도 있다. 그때에도 병을 고쳐 줄 누군가가 필요하다. 도산은 금아 선생에게 그 두 면에서 의사였다.

그리고 지금의 우리. 세계 10위의 경제국가가 되었다고, 월드컵에서 4강에 들었다고 좋아만 할 일은 아니다. 조국이 병들었을 때 민족을 들쳐 업고 뛰었던 선각자들이 있었기에 오늘 우리가 우리일 수 있다는 것을 기억해야 한다. 대한민국은 피를 밟고 세워진 나라이다. 고통으로 기초된 나라이다.

102

"나는 한 푼 한 푼 얻은 돈에서 몇 닢을 모았습니다. 이렇게 모은 돈 마흔여덟 닢을 각전角錢 닢과 바꾸었습니다. 이러기를 여섯 번을 하여 겨우 이 귀한 '다양大洋' 한 푼을 갖게 되었습니다. 이 돈을 얻느라고 여섯 달이 더 걸렸습니다.

그의 뺨에는 눈물이 흘렀다. 나는 "왜 그렇게까지 애를 써서 그 돈을 만들었단 말이오? 그 돈으로 무얼 하려오?"하고 물었다.

그는 다시 머뭇거리다가 대답했다.

"이 돈 한 개가 갖고 싶었습니다." – 「은전 한 닢」

천애절벽天涯絶壁처럼 글이 뚝 끊어진다. 더 이상의 설명도 묘사도 없다. "이 돈 한 개가 갖고 싶었습니다." 여기서 끝내야 하는 글을 여기서 끝내는 것은 생각처럼 쉬운 일이 아니다. 그러나 그래야만 진정한 글이 된다.

지나치게 자상한 마음을 노파심老婆心이라고 하니까 지나치게 자상한 글을 노파문老婆文이라고 하면 좋을 것이다. 노파심은 한 장으로 쓸 글을 두 장으로 쓰게 만든다. 문제는 노파문이 한 번 읽고나면 두 번 읽게 되지 않는다는 데 있다. 행간이 없기 때문이다. 생략이 없어서 음미할 여지가 사라져 버렸기 때문이다.

좋은 글을 쓰려거든 시시콜콜 잔소리를 하는 할머니(노파)가 되지 말라. 문제는 절제된 글을 읽을 줄 모르는 대중에게 있다. 그래서 글 쓰는 사람은 자주 대중에게 호소할 것인가, 진정한 글로 나아갈 것인가를 선택하는 갈림길에 서게 된다.

103

"신이여, 나를 스물한 살만 되게 하여 주십소서. 그러면 나에게는 그를 설득시켜 볼 여섯 해가 더 있을 것입니다." 그녀는 스물일곱이었다. 얼마 후 그녀는 우연히 그의 손길이 닿았던 긴긴 머리를 아주 잘라 버렸다. 사랑이 무엇인지. – 「여린 마음」

지난 여섯 해는 고통이요 슬픔이었건만 그래도 미련이 남는다. 버려야 할 것을 버리지 못하는 마음. 미련은 강자強者에게는 비웃음의 대상이요, 용자勇者에게는 비겁의 다른 이름이다. 그러나 강자도 용자도 아닌 우리는 미련과 후회 사이에서 오락가락하며 십 년을 보낸다. 그러고도 다시 그런 삼십 년이 우리 앞에 남아 있다.

그러다 문득 현실을 깨닫는 때가 온다. 이미 다른 여인에게 마음이 기울어진 사람을 어찌하랴. 그동안 죽어 있던 자존심이 울끈 솟구치는 순간 흐르는 눈물을 쓱 닦는다. 그런 다음 미용사를 향해 조용히 선언하는 것이다. "머리카락을 모두 잘라 주세요."

진정 사랑은 무엇인가.

104

나는 와이키키 비치에서 한 노인 교포를 만난 일이 있다. 그는 1904년 하와이로 이민을 온 후, 50년이 되어도 꿈의 배경은 언제나 자기 고향인 통영이라고 하였다. "꿈엔들 잊으리요, 그 잔잔한 고향 바다"라고 노래한 노산鷺山의 노래가 생각난다. 미국에서 유행하던 '푸르고 푸른 고향의 풀'이라는 노래가 있다. 감옥에 갇힌 사형수가 꿈에 고향을 꿈꾸는 것이다. 눈을 떠보면 회색빛 네 벽만이 그를 에

워싸고 있다. 그러나 꿈속에서는 벽돌 담도 철창도 다 스러져 없어
지는 것이다. ―「꿈」

'고향故鄕'이라는 말이 갖는 느낌이 거의 사라져 가고 있는 시
절이다. 그러니 현대의 젊은이가 향수鄕愁라든가 사향思鄕이라는
말을 쓸 까닭이 없다. 어쩌다 그런 말을 입에 올리는 경우가
있다면 그것은 정지용 시인의 시가 노래로 불리어지는 때뿐일
것이다.

불려지는 대중 가요의 거의 절반이 고향을 배경으로 하던 시
절이 있었다. 헤르만 헤세의『페터 카멘친트』는『향수』라는 제목
으로 번역되었고, 그보다 조금 더 시대를 거슬러 올라간다면
"거두망산월擧頭望山月(고개를 들어 산위의 달을 바라보고) 저두사고
향低頭思故鄕(고개를 숙여 고향을 생각한다)"이라는 이백의 시구를 외
지 못하는 선비는 없었으리라.

고향은 반드시 땅으로서의 의미만을 갖는 것은 아니다. 고향
은 과거요, 과거는 시간이다. 시간이라는 바탕에 수를 놓듯이
진행되는 인생. 고향은 과거와 어우러진 나의 가장 오래된 무늬
이다. 늙어갈수록 더욱 짙게 회억되는 나의 삶, 끝내 실현되지
는 못했지만 꿈꾸던 당시로서는 '푸르고 푸른 고향의 잔디'이다.

주인공의 이름은 잊었지만, 지중해 어떤 항구에 술 파는 여자 하나가 있었다. 선부들이 항해를 하고 들어올 때면 선물을 갖다 주었다. 염주 목걸이, 조가비를 꿰어 만든 팔찌, 산호 반지, 그 선부들은 다음 번에 이 항구에 왔을 때, 그 여자가 자기가 갖다 준 선물을 몸에 지니고 있지 않으면 매우 섭섭해 하였다. 그 여자는 앞으로는 꼭 가지고 있겠다고 달래 준다. 그러면 여자의 가슴에 머리를 박고 젊은 수부들은 울었다. 그리하여 마음씨 좋은 그 여자는 언제나 여러 개의 목걸이를 하고 여러 개의 발찌를 하고 수많은 반지를 끼고 있는 것이다. — 「선물」

이 이야기는 청년 시절 내게 큰 인상을 주었고, 나는 이를 모티브로 삼은 우화 소설을 쓰기에 이르렀다. 『그대는 장차 붓다가 되리라』라는 책에 실린 '항구도시의 전설'이 그것인데, 좀 길지만 그 끝부분을 옮겨 보기로 한다.

"잘 들어라. 예전에 한 여인이 있었느니라. 그녀는 포구에서 술을 팔고 몸을 파는 여자였느니라. 그러나 무엇보다도 그녀는 사랑할 줄을 알았나니, 한번 그녀를 품에 안고, 한번 그녀의 품에 안긴 남자는 누구도 그녀를 잊지 못했느니라. 그녀는 늙었고, 그녀는 더러웠느니라. 그렇지만 그녀는 모든 것을 다 베풀 줄 알았고, 그들의 아픔에 같이 울어줄 줄을 알았느니라. 그들의 더러움에, 그들의 욕정에, 그들의 공포에, 그들의 한에, 그들의 눈물에, 그들의 어리석음에, 그들의 서러움에 같이 울어줄 줄을 알았느니라.

그리하여 많은 뱃사람들이 그녀에게 왔느니라. 그들은 그녀에게 괴로움을 하소연하고, 사연을 털어놓고, 사정을 푸념하고, 아픔을 고했느니라. 그러면 그녀는 한숨짓고, 눈물짓고, 가슴을 치고, 울었느니라. 그대들이여, 그리하여 뱃사람들은 그녀에게서 위안을 받고 가느다란 미소를 띠며 널판지 한 장 밑이 죽음인 저 험한 파도를 헤치며 수만 리 뱃길을 떠났거니, 그들에게 있어서 여인은 아내이자, 누이이자, 어머니이자, 애인이었느니라. 그리하여 여인은 수백 명의 남편을, 오라버니를, 자식을 애인을 가졌느니라.

그리고 그렇게 뱃길을 떠난 그들은 한 해나 두 해 뒤에 다시 그 포구에 이르자마자 제일 먼저 그녀를 찾게 마련이었는데, 그때마다 그녀에게 선물을 했던 것이니라. 그들이 할 수 있는 선물은 값비싼 도자기도 아니도, 귀한 향료도 아니요, 페르시아산 카펫도 아니었으니, 그대들이여, 여기를 보라, 바로 이것들이 그것이니라.

그럴 때 그녀는 그 장신구들을 하나도 버리지 않고 가능한 한까지 몸에 걸쳤느니라. 왜였겠느냐. 행여 그 선물을 준 사나이가 다시 그녀를 찾아 왔을 때 선물을 버리거나 잊음으로써 그 사나이를 가슴 아프게 할 수는 없었기 때문이니라.

알겠는가, 그대들! 자, 이제 돌아가거라. 저 하늘나라에서 그녀보다 더 높은 데 거할 피조물은 찾을 수 없을지니, 그녀가 그곳으로 간 뒤 나는 그 뒷일을 감당하고 있을 뿐이니라…."

그러고나서 그분은 아무 말이 없었다. 사람들도 아무 말도 하지 못했다. 그렇게 한참의 시간이 흘렀다. 마침내 누군가로부턴가 참고 참았던 흐느낌이 새어나오기 시작하였다. 그 흐느낌은 그곳의 모든 사람들에게 퍼져나갔다.

붉고 푸른 등이 흔들리는 악취나는 뒷골목, 그러나 밤하늘의 별빛은 세상이 있은 뒤로 다시는 없었을 만큼 높고 맑고 차가운 빛으로 가만가만 내리고 있었다….

106

산호와 진주는 나의 소원이었다. 그러나 산호와 진주는 바다 속 깊이깊이 거기에 있다. 파도는 거세고 바다 밑은 무섭다. 나는 수평선 멀리 나가지도 못하고, 잠수복을 입는다는 것은 감히 상상도 못할 일이다. 나는 고작 양복바지를 말아 올리고 거닐면서 젖은 모래 위에 있는 조가비와 조약돌들을 줍는다.

내가 찾아서 내가 주워 모은 것들이기에, 때로는 가엾은 생각이 나고 때로는 고운 빛을 발하는 것들이 있는 것 같기도 하다. - 「서문」

금아 선생은 맨처음 당신이 쓴 시와 수필을 한데 모아 『산호와 진주』라는 이름으로 펴내셨었다. 인용문은 그 책에 실렸던 서문의 앞부분으로, 지금 수필집으로 나와 있는 『인연』에도 실려 있다.

"비유는 문학이 가장 사랑하는 바"라고, 이번에 선생을 방문

했을 때에도 선생은 말씀하셨다. 선생은 이 글에서 '산호와 진주'로써 '소원'을 비유하고, '조가비와 조약돌'로서 현실을 비유한다. 선생의 소원은 셰익스피어와 셸리와 워즈워드와 키츠, 도산과 충무공, 도연명과 아인슈타인이었다. 그러나 그것은 '될수 없는 일'이었다고 선생은 고백한다.

그렇다면 꿈은 영영 포기되어야 하는가. 아니다. 천재만이 글을 쓰는 것이 아니요, 지사만이 나라를 사랑하는 것은 아니다. 그리하여 파도를 헤치고 바닷물 깊이 들어가지 못하는 우리는 선생과 함께 바닷가를 걷는다. '양복 바지를 걷어 올리고' 걸으면서 조가비와 조약돌을 줍는다.

그 조가비와 조약돌들은 '내가 주운 것'이다. 그렇기 때문에 시간을 내어 가만히 들여다 보게 된다. 그러노라면 때로 그것은 영롱한 빛을 발하기도 한다. 실제로 빛을 발하는 것은 아닐지 모른다. 어쨌거나 그것은 산호가 아니라 조가비이므로, 진주가 아니라 조약돌이므로.

그래서 빛을 발하는 것 '같기도' 하다고 수필가는 말했으리라. 그 '같기도'의 절반은 좌절된 '소원'의 빛이었을 것이다. 그리고 나머지 절반은 눈물과 가엾음의 착시였을 것이다. 아아, 우리 평범한 이들에게 있어 삶은 이렇듯 조금은 눈물이요, 더 많이는 아쉬움인 것이다.

이렇듯 소욕과 자족과 연민으로 자신을 달래는 동안, 비록 현실의 조가비와 조약돌이 산호와 진주가 되지는 않을지라도 마음 안에서 나만의 산호와 진주가 생겨난다. 산호는 무기물이지만 처음에는 살아 있는 생명이었다. 진주는 조개가 아픔을 안으로 삭혀낸 돌이다. 그리고 부족한 자신을 위로하고 다독이는 동안 우리의 속내에서도 산호 같은 붉은 빛, 진주 같은 은은한 기운이 감돌기 시작하나니, 그것이 우리의 마음결이요, 수필이요 시인 것이다.

107

때로는 억지로 마음의 여유를 가지려 하다가도 그런 여유를 갖는 것이 죄스러운 것 같기도 하여 나의 마지막 십분의 일까지도 숫제 초조와 번잡에 다 주어버리는 것이다. ─「수필」

가장 널리 알려진 선생의 작품 가운데 하나인 「수필」의 끝부분이다. 알려져 있듯이 이 수필에는 아주 많은 메타포가 들어 있다. 이는 이 작품이 금아 수필 가운데 그래서 가장 시적인 작품임을 의미한다. 메타포는 시가 즐겨 사용하는 기법이기 때문이다.

그런데 수필가는 작품의 끝에서 작가는 초조와 번잡을 말하고 있다. 청자연적, 난, 학으로 이어지던 조촐하고 단아한 이미

지가 변한 것이다. 문학은 작가가 쓰는 글이고, 작가는 현실을
사는 삶이다. 때로 현실의 삶은 문학 안으로 이런 식으로 스며
들어오는 때가 있다.

108

"나비 앞장 세우고 봄이 봄이 와요." 하고 노래 부르는 아이들의
나비는, 작년에 왔던 나비는 아니다. 강남 갔던 제비가 다시 돌아
온다지만, 그 제비는 몇 봄이나 다시 돌아올 수 있을까? – 「봄」

　우리나라의 대표적인 철새였던 제비는 이제 우리나라에 오지
않는다. 어쩌다 옛 조상의 길을 기억하여 흥부네 집을 찾던 제
비가 날아오는 경우가 없지는 않지만 그걸 반가워해야 할 요즘
어린이들의 90퍼센트가 도시에 산다. 그러니 어린이가 제비를
본다는 것은 흥부와 놀부 이야기를 글자 그대로 믿기를 기대하
기보다도 어렵게 되었다.
　그리고 어찌어찌 제비를 본다고 해도 그 제비는 작년에 왔던
그 제비가 아니다. 한 해가 지났고, 그 사이에 별별 일이 다 일
어났기 때문이다. 태풍이 있었다. 폭풍우도 있었다. 신문에는
갖가지 이야기가 실렸고, 방송은 매일같이 큰일이 벌어졌다고
말해 왔다.

그래서 우리 또한 제비이다. 철 따라 왔다가 철 따라 가는 제비로서의 우리는, 철새들을 이용하여 지구에 왔다가 하늘나라로 돌아가버린 어린 왕자의 여정을 원한다. 그러나 하늘로 가버린 다음 어린 왕자의 뒷소식을 모르기에, 우리는 지구를 떠난 다음의 여정을 두려워한다. 그 뒤가 아름다움이요 신비인 줄을 믿으려 하지만 그 믿음을 백 퍼센트 확신하지는 못하기 때문이다.

두려움은 모른다는 것이다. 죽은 뒤의 일을 모르는 우리는 삶에 묶여 허덕거리며 죽기 전의 하루하루를 살아가고 있다.

109

문학을 업으로 하는 나의 기쁨의 하나는, 글을 통하여 먼 발치로라도 젊음을 바라볼 수 있다는 것이다. 젊음은 아름답다. 한결같이 아름답다. 지나간 날의 애인에게서는 환멸을 느껴도 누구나 잃어버린 젊음에는 안타까운 미련을 갖는다. ―「봄」

"피할 수 없거든 즐기라."는 말은 훌륭하다. 이 말을 좀 변형하여 "잃었거든 추억하라."고 말한다면 너무 슬플까. 그러나 젊음을 잃고나서 그것을 추억하는 수필가의 마음은 슬프기는커녕 아름답다.

그러나 단순히 아름답기만 한 것은 아니니, 그 아름다움 너머에 어른어른 슬픔이 비치고, 안타까움이 추억과 함께 밀려온다. "사랑을 하고 사랑을 잃는 것은 사랑을 아니함보다 낫다."고 테니슨은 노래했다. 젊음 또한 마찬가지. '젊었다가 젊음을 잃는 것은 젊지 아니했던 것보다 낫다'인 것이다.

다행한 것은 내가 늙었어도 세상에는 여전히 젊음이 있다는 것이다. 그들도 머지 않아 나처럼 될 것이다. 그러나 그때에는 또다른 젊음이 종로 거리를 활보하리니, 그 생각만으로 지금 내가 늙었음을, 내일 그들이 늙으리라는 것을 잠시 잊게 된다.

"부자는 물질을 많이 가졌다는 뜻이 아니라 추억할 재료가 많다는 뜻이다."라고 금아 선생은 말한다. 더 많이 사랑한 사람이 부자라는 뜻으로 듣는다. 더 많이 사랑한 사람에게 더 많은 복이 있을 테이까.

110

잃었던 젊음을 잠깐이라도 만나 본다는 것은 헤어졌던 애인을 만나는 것보다 기쁜 일이다. 헤어진 애인이 여자라면 뚱뚱해졌거나 말라 바스라졌거나 둘 중이요, 남자라면 낡은 털 재킷같이 축 늘어졌거나 그렇지 않으면 얼굴이 시뻘개지고 눈빛이 혼탁해졌을 것이다. - 「봄」

얼마 전 금아 선생의 작품 「인연」의 주인공인 아사코를 찾았다는 신문에 기사가 난 적이 있었다. 그러나 선생은 아사코를 다시 만나고 싶어하시지 않았다. 선생의 글을 꼼꼼이, 아니, 대강이라도 읽어보았다면 왜 그랬는지 저절로 알게 될 것이다.

추억은 아름다운 그대로의 모습으로 묻어 두는 쪽이 백 번 좋다. 좋은 글을 읽었거든 그 작가의 강연회나 '작가와의 대화'에 가지 말라. 열에 여덟아홉은 실망하게 된다. 아사코의 경우 또한, 글은 글로써 음미하고 만족하는 편이 나을 것이다.

젊었을 때의 싱싱함과 건강함을 평생 유지하기는 어렵다. 몸으로써야 아예 불가능하다고 하더라도 마음 또한 그렇다. 삶이 글과 일치되는 사람도 드물다. 내가 금아 선생의 글을 읽고 선생을 자주 찾아 뵙는 것은 선생의 삶이 글과 아주 가깝기 때문이다.

그리고 선생이 남자이기 때문이다. 선생이 아릿다운 여성이었다면 나는 선생을 찾아가지 않았을 것이다. 아릿다웠던 젊은 여성 작가에 대한 기억으로만 작가를 사랑하면서 그분의 현재 근황을 알려고 애쓰지 않았을 것이다. 이렇게 나는 나를 보호한다. 내가 남과의 교분을 단순, 간결하게 하는 것은 이 때문이기도 하다.

양복 한 벌 변변한 것을 못해 입고 사들인 책들을 사변통에 다 잃어버리고 그 후 5년간 애면글면 모은 나의 책은 지금 겨우 3백 권에 지나지 아니한다. 나는 이 책들을 내가 기른 꽃들을 만져 보듯이 어루만져 보기도 하고, 자라는 아이를 바라보듯이 대견스럽게 보기도 한다. ㅡ「시골 한약국」

시인 이상현 선생으로부터 들은 말이다. 금아 선생이 교수 직을 은퇴한 다음의 어느 때 이 시인이 선생 댁에 들러 책장을 구경하고 있었다. 그때 선생이 말씀하셨다. "이것을 가지려오?" 선생은 책장 한 칸의 책을 모두 시인에게 주셨다.

"덜어내고 또 덜어낸다."는 것은 노자의 말씀이지만 선생은 그렇게 소유를 덜어내셨다. 그 덜어냄은 물질뿐아니라 정신에도 미쳤으니, 그토록 '애면글면 모은 책'까지 성큼 덜어내셨던 것이다.

그러나 다 덜어내어 '허실유여한虛室有餘閑(빈 방에 한가로움이 남아 있다)'에까지 이른다면 그것은 금아가 아니다. 그것은 '마른 몸, 드러난 힘줄로 고행하는' 선자禪者의 모습이지 삶에 정을 붙이고 과거를 소중히 여기는 수필가의 모습이 아니다.

그렇게 하여 현재 선생의 서가에 꽂혀 있는 책은 수십 권에 불과하다. 모두가 다 소중하고도 소중한 것들뿐이다. 미국의 국민 시인 로버트 프로스트가 직접 준 책과 영국의 한 계관 시인으로부터 받은 시집 등.

"모든 사람을 좋아하고, 아무도 미워하지 아니하며, 몇몇 사람을 끔찍이 사랑하고 싶다."던 금아 선생. 책의 경우에도 '몇몇 끔찍이 아끼는 책들'만을 남기고 모두 덜어내어 버렸던 것이다.

112

그저 이 집에 그냥 살고, 비 오는 날이면 비원이나 찾아갈 것을 공연히 이사를 한다고 나는 마음을 괴롭히고 있다. 이삿짐을 상상하면 더욱 가난을 느끼게 된다. ―「이사」

내가 아는 한 선생의 글이 이렇듯 서글프게 끝나는 경우는 앞에 든 「수필」과 함께 이 글에서뿐이다. 하나는 한국전쟁 시절에 쓴 글이었기 때문이고, 다른 하나는 내일 이사를 앞두고 썼기 때문일 것이라고 나는 상상한다.

이사를 하신 다음 일주일만 지났더라도 이 글이 이렇게 마무리되지는 않았을 텐데, 하고 생각해 본다. 모르긴 해도 이 글은 내일 이사를 해야 할 형편에서 쓰여졌을 거라는 게 나의 짐작인 것이다.

열 번 이상 이사를 다니지 않은 사람은 이사 갈 때의 초조함을 모른다. 하물며 살던 집보다 좁은 곳으로, 직장에서 더 멀어진 곳으로 이사를 함에 있어서랴. 아내는 속상해 하고 아이들도 심란해 한다. 그래서 가장인 우리는 세 겹으로 풀이 죽는다.

그러나 이 세상에 태어난 것 자체가 하나의 '이사'가 아니던가. 어차피 삶은 떠도는 것, 새로 간 그곳도 사람이 사는 곳이지 다른 곳은 아닐 터이니, 어렵더라도 정을 붙여 보자. "정이 깊으면 어느 곳이든 다 고향"이라는 말도 있으니까.

113

도연명의 귀거래사歸去來辭 중에 다음과 같은 시구가 있다.

世與我而相違
復駕言兮焉求
세상과 나는 서로 다르거늘,
다시 수레를 타고 무엇을 구할 것인고.

나도 이 진의를 못 깨달은 바 아니지만, 아직도 서울살이를 하고 있다. —「도연명」

도연명(도잠)은 80여 일간 팽택이라는 곳의 현령으로 있었다. 그가 관직을 버리고 고향으로 가면서 쓴 글이 「귀거래사」인데, 『진서晉書』 '도잠전陶潛傳'은 그 전말을 다음과 같이 적었다.

"군郡, 독우督郵를 파견하여 현縣에 이르게 하다. 아전이 아뢰기를 '띠帶를 매고 가서 뵈어야 합니다.' 이에 잠潛이 탄식하여 가로되, '내가 쌀 다섯 말五斗米 때문에 허리를 꺾어 향리의 소인 앞에 나아갈 수 없다' 하고, 그날로 인수印綬를 풀어놓고 직職을 떠나면서 '귀거래사'를 지었다."

옛 선비는 벼슬살이를 하지 않은 경우 실직자나 다름 없었다. 동북아 역사가 권력 쟁탈로 점철되었던 것은 식자識者에게 벼슬을 제하고는 마땅한 호구지책이 없었기 때문이기도 하였던 것. 퇴계 같은 대학자에게는 제자에게 학문을 가르치는 것으로 생계가 가능했겠지만 그 이하 대부분의 지식인들은 관직에 나아가지 못하면 농부가 되는 이외의 방법이 없었던 것이다.

도연명이 벼슬살이로 나아갔던 것도 그런 사정 때문이었다. 그러나 그는 벼슬살이가 성미에 맞지 않음을 알자 초연히 관직을 버리고 고향으로 돌아왔다. '초옥草屋 팔구간八九間'에 살면서 '방택方宅 십여무十餘畝'를 갈았다. 술과 시와 국화를 벗삼아 한거閑居하니, 후대의 중국인 치고 그의 삶을 부러워하지 않는 이가 드물었다.

금아 선생은 교수 직을 도연명의 벼슬살이에 비교하고 있다.

참으로 교수다운 교수라면 그것이 어찌 퇴계의 도산陶山에서의
정진이 아니겠는가. 도연명에 비해 자신을 낮추고 있는 이 글은
선생이 자겸自謙에서 하시는 말일 것이다.

114

마음 놓이는 친구가 없는 것같이 불행한 일은 없다. 늙어서는 더
욱이나 그렇다. 나에게는 수십 년 간 사귀어 온 친구들이 있다. 그
러나 하나둘 세상을 떠나 그 수가 줄어 간다. 친구는 나의 일부분
이다. 나 자신이 줄어 가고 있다. - 「우정」

시인 존 던은 말한다. "누구를 위하여 종은 울리느냐고 묻지
말라."고. 조종弔鐘은 나를 위해 울린다. 누군가가 죽는다는 것
은 내가 죽는다는 것이다. 왜냐하면 섬들은 물밑에서 하나이기
때문에. 섬으로서의 너는 또다른 섬으로서의 나와 물밑에서 연
결되어 있기 때문에.
같은 의미에서 금아 또한 말한다. "친구는 나의 일부분이다.
친구가 죽는 것은 나 자신이 줄어드는 것이다."
나이가 늘수록 친구는 준다. 그리고 언젠가는 나 또한 남에게
서 그렇게 줄어들 것이다. 그렇게 한 세대는 가고, 새로운 세대
는 오는 것, 이것이 인생이다.

과거는 언제나 행복이요, 고향은 어디나 낙원이다. — 「황포탄의 추
석」

먼 것이 신비로워 보이는, 이것이 '거리距離의 마술 효과'라는
것은 이미 말한 대로이다. 우리는 어린이가 아니므로 이젠 마술
이 마술인 줄을 알아야 한다. 그것에 속지 말고 실제를 통찰해
야 한다. 마술에서 깨어나, 과거 대신 '지금'을, 고향 대신 '여기
이곳'을 분명한 눈으로 바라보아야 한다.

그러나 마술이 거짓인 줄을 알면서도 박수를 치며 즐거워해
주는 것이 관객의 예의이다. '저것은 마술이니까'하며 상을 찡그
리고 있는 관객의 지성보다는 모자 속에서 비둘기가 나오고 종
이가 장미꽃으로 변하는 것을 보며 행복을 느끼는 감성이 소중
하다.

이렇듯 우리는 '지금·여기'로 연속되는 삶을 살면서, 또한 과
거 미래로 왕래하는 삶을 산다. 과거 미래로 나아가는 마음이
원심력遠心力이라면 지금 여기로 돌아오는 마음은 구심력求心力
이다. 인생은 이 두 힘의 절묘한 조화로써 아름답다.

7. 우리 아기 백일은 내일 모래예요
― 너그러움, 유머, 위트

116

『산호와 진주』 속에 같이 들어 있던 시와 수필을 따로 내게 되었다. 집은 달라졌어도 이웃에서 살 것이다.

나는 아름다움에서 느끼는 기쁨을 위하여 가끔 글을 써왔다. 그리고 그 기쁨을 나누기 위하여 발표하였다. 시나 수필이나 다 나의 어쩌다 오는 복된 시간의 열매들이다. ―「신판을 내면서」

세월, 고통, 아쉬움을 이야기하는 장 뒤에 너그러움, 유머, 위트를 담은 장을 배치한 것은 나름대로 생각한 바가 있어서였다. 셋 중 중심이 되는 것은 유머인데, 유머는 너그러움으로부터 나온다. 무슨 너그러움이냐고? 그것은 고통을 슬픔으로 바라보는, 슬픔을 웃음으로 바라보는 너그러움이다. 나는 제7장을 쓰면서 제6장을 되돌아본다.

고통이 절규뿐이라면 무언가가 부족하다. 인간에게는 지성이 있고, 지성이 있기에 고통은 재해석되며, 재해석에 의해 고통은 슬픔으로 바뀐다. 이렇게 하여 자비는 지성의 산물이요, 동정은 인성의 발로가 된다. 유머는 그 과정을 거친 다음에 나온다.

유머는 개그가 아니다. 개그는 남이 넘어지는 것을 보고 웃지만, 유머는 자기가 넘어진 다음 웃는다. 소크라테스와 링컨은 자기 얼굴이 못난 것으로써 자주 남을 웃겼다. 그리고 여기, 은은한 미소 같은 선생의 유머가 있다.

선생은『산호와 진주』에 시와 수필을 한데 묶었다가 각각 나누어 출판하면서 시를『금아시선琴兒詩選』, 수필을『금아문선琴兒文選』이라 하셨다. 그때 두 권의 책 앞에 부친 글이 이것인데, 놀랍게도 이것이 글의 전부이다.

이번에 선생의 서명을 받아 아직도 내가 보관하고 있는『금아시선』『금아문선』을 보여 드리자 선생은 매우 반가워하셨다.『금아문선』이 나온 지 얼마 안 되었을 때 나는 일조각 출판사 한만년 사장님을 찾아가 선생의 책을 대중판으로 찍어 널리 소개해 주십사고 청했었다. 하지만 사장님은 "금아 선생의 글은 고급하기 때문에 양주처럼 귀하게 읽힌다. 대중은 이 책을 이해하지 못할 것이다"라며 받아들이시지 않았다.

다행히도 지금 대중은 선생의 책을 사랑한다. 고급하면서도 대중적인 작가는 셰익스피어와 디킨즈를 제한다면 극히 드문

일. 그러나 금아 선생의 글은 두 마리의 토끼를 다 붙잡고 있다. 간결한 글, 그러나 분명히 글로 써야 할 무엇인가가 있는 글. 문장 몇 개만으로 이루어진 간단한 머릿글 하나에서도 글을 대하는 선생의 깔끔한 마음이 느껴진다.

117

어떤 남학생이 여학생한테 받은 크리스마스 카드를 들여다 보며 좋아하는 것을 보고, 내가 여자라면 경제가 허락하는 한 내가 아는 남학생에게 크리스마스 카드를 보내야겠다고 생각하였다. 내가 만약 명랑한 목소리를 가진 여성으로 태어난다면, 라디오 아나운서가 되어 여러 청취자에게 언제나 봄을 느끼게 하겠다. ─「신춘」

선생이 여자가 아니 된 것은 선생 자신을 위해 천만다행이라 해야 한다. 용돈이란 용돈은 카드 사는 데 다 써버렸을 테니까. 또 하나, 선생이 남성인 것이 다행인 것은 그 때문에 우리가 여성을 더욱 여성스럽게 보게 되기 때문이다.

왜 여자는 남자가 자기를 바라보는 데도 돌아보지 않는 것일까. 왜 딴 데를 보는 체하며 시침을 떼는 것일까. 선물을 받으려고만 하고 주는 데는 서투른 도도한 여성들 사이에 가끔 예쁜 카드를 답장으로 보내주는 소녀가 있다는 것은 그래서 고맙다.

나 또한 그런 엽서를 받아 본 적이 있었다. 그 기쁨은 이십여 년이 지난 지금까지도 생생하게 기억된다. 부디 여성들이여, 남성들에게 카드를 보내 주시기를. 물풀 이백 개를 말려서 하트 모양으로 붙인 다음 그 안에 "그리운 사람, 이 꽃둘레로 당신을 묶겠습니다"라고 적힌 엽서를 보내 주시기를.

118

특히 부인들의 성장은 화려하고 황홀하였다. '저 여자는 누구 부인일까?' 하고 바라다볼 만큼 눈을 끄는 이도 있었다. 그의 남편이 내 옆에 있었다 하더라도, 바라보는 나를 보고 나무라지는 않았을 것이다. ─「가든 파티」

'고운 얼굴을 욕망없이 바라보고'라는 선생의 글을 읽은 것은 중학교 1학년 때였다. 그때 나는 이 말이 웬지 좋았었다. 중학생으로 이 말이 품고 있는 맛을 정말로 알고 좋아한 것은 물론 아니었다. 그러나 어른이 된 지금은 이 말의 맛을 조금은 안다.

그 고운 얼굴이 여자의 그것이라면 남자로서 '욕망없이' 바라보기는 어렵다. 하지만 미학美學은 말한다. 예술의 본질은 '무관심한 취미'라고. 즉, 우리가 예술을 통해 느끼는 아름다움에는 인지적 내용은 물론 도덕적, 비도덕적 실천 의지가 없다. 바라보며, 다만 느낄 뿐 대상에 대한 욕망을 일으키지 않는 것이 예술의 본면목인 것이다.

그 마음으로 수필가는 눈이 가는 부인을 바라본다. 한 남자가 바라보는 것이 아니라 한 예술가가 바라보는 것이다. 거기에는 순수한 아름다움이 있을 뿐 그녀가 다른 남자의 부인이라는 것은 없다. 이런 미학적 바라봄이 가능한 사람이 예술의 진수를 아는 사람이다. 그러나 이 차원의 미에 이른 사람은 극히 드물다.

119

대사관 문을 나올 때, 수위는 나보고 티켓을 달라고 한다. 좀 어리둥절하여 쳐다보니 주차증을 달라는 것이다. 나는 웃으며 자동차 틈으로 걸어 나왔다. ─「가든 파티」

여기서도 웃음이 요점이다. 여왕을 위한 가든 파티에 올 정도의 신사라면 응당 자기 차를 타고 왔어야 한다. 하지만 수위가 어찌 알랴, 왕에게도 가난한 선비가 간혹 있다는 것을.

수위로서 수위답지 않은 수위를 나는 드물게밖에는 보지 못했다. 아파트 경비원으로서 경비원답지 않은 사람을 본 적도 드물다. 또한 나는 보통사람으로서 보통 이상의 식견을 가진 사람을 본 일도 없다. 그들은 모두 차림새로서, 차를 가졌느냐 갖지 않았느냐와, 고급차를 가졌느냐 소형차를 가졌느냐로써 사람을 가린다.

그런 일을 당했을 때 짜증을 낸다면 나 또한 보통사람이라는 증거가 된다. 묵묵히 지나친다면 그보다는 낫지만 아직 신사는 아니다. 신사는 서양의 군자君子이다. 그들에게는 나름대로의 정신적인 규준이 있다. 신사는 웃어야 할 때와 분노해야 할 때를 안다. 신사는 다른 신사가 나를 비웃으면 분노한다. 그러나 보통사람이 나를 비웃으면 같이 웃어주어야 한다.

"보통사람으로부터 비웃음을 받지 않는 선비는 훌륭하다고 할 수 없다."고 노자는 말했다. 그래서 선생은 웃는다. 그러나 신사든 훌륭한 선비든 마음에 약간의 쓸쓸함은 남을 것이다. 신사나 군자는 성자가 아니니까.

120

꽃은 좋은 선물이다. 장미, 백합, 히아신스, 카네이션, 나는 많은 꽃 중에서 카네이션을 골랐다. 그가 좋아하는 분홍 카네이션 다섯 송이와 아스파라거스 두 가지를 사 가지고 거리로 나왔다. 첫아기를 안은 젊은 엄마와 같이 웃는 낯으로, 가끔 하얀 케이프를 두른 양종이에 싸인 꽃을 들여다보며 걸어갔다. 누가 나보고 어디 가느냐고 물으면 나는 "우리 아기 백일날은 내일 모레예요."라고 대답했을 것이다. 그러면 그는 무슨 소린지도 모르고 그저 웃고 지나갈 것이다. —「선물」

"어디 가세요?"라는 질문에 꼬박꼬박 "친구 집에 갑니다."라든가 "극장에 갑니다."라고 대답하기만 하는 사람을 나는 존중할 수는 있지만 사랑할 수는 없다. "우리 아기 생일을 내일 모레예요." 얼마나 좋은 대답인가. "전 지금 사랑에 빠졌어요." 얼마나 아름다운 대답인가.

"주제는 '형제'이다. '형' 자와 '제' 자를 쓰지 말고 형제에 대해 시를 써야 한다"고 형 조비曹丕는 아우 조식曹植을 다그쳤다. 그걸로 보아 조비는 시를 모르는 사람이다. 그렇게 다그치지 않았더라도 조식은 '형 자와 '제' 자를 쓰지 않고 시를 지었을 것이다. 좋은 시는 직접 말하지 않고 넌지시 돌려서 말하는 법이고, 해야 할 말을 행간 사이에 숨겨 두는 법이기 때문이다.

"아기 백일에 쓸려고요."라는 말은 너무 평범하다. 가슴에 기쁨이 약동하고 있는데 어떻게 이런 평범한 말로 대답할 수 있겠는가. "우리 아기 백일은 내일 모레예요."에는 평범을 넘어선 기쁨과, 함께 하고자 하는 말을 넌지시 돌려 말하는, 해야 할 말을 행간 사이에 숨겨 두는 기법이 있다.

그런 말을 할 줄 알아야 하고, 그런 말을 들을 줄 알아야 한다. 그런 말을 하고 들을 줄 모르는 사람과 사람 사이는 삭막하다. 문학적으로 말하고 듣기는 삭막한 삶의 사막에 내리는 맑은 이슬비이다.

121

전화가 주는 혜택은 받으면서 전화기를 미워하는 사람이 있다. 팬아메리칸 여객기를 타고 앉아서 기계 문명을 저주하는 바라문 승려와 같은 사람이다. ─「전화」

유머에 비판이 섞이면 풍자諷刺가 된다. '풍자'의 '풍'은 말을 의미하지만 '자'는 찌른다는 뜻이다. 칼이 아닌 말이긴 하지만 아무튼 풍자는 상대의 아픈 부분을 찌른다. 몽둥이로 맞을 때보다 꽃으로 맞을 때가 더 아플 수 있다. 풍자로 찔리는 것이 칼로 찔리는 것보다 아픈 경우도 그렇다.

한 종교인이 길을 걷고 있었다. 많은 이들이 그를 이단자라 욕하면서 돌멩이를 던지고 몽둥이로 때렸다. 그러나 그는 꿋꿋하게 견디며 굴복하지 않았다. 그때 한 노인이 그에게 다가가 장미꽃으로 그를 부드럽게 쳤다. 그러자 그는 고통을 호소하며 길바닥에 쓰러졌다. 이슬람 신비주의에 전해오는 이 이야기는 풍자의 의미를 멋지게 보여준다.

팬 아메리칸 여객기를 타고 가는 사람도 종교인이었다. 그도 꽃으로 맞아야 할 사람이다. 그랬는데도 쓰러지지 않는다면 그에게 돌을 던져 무엇하며, 위선을 폭로한들 무엇하랴. 풍자는 '참다운 인간'이 '조금이나마 참다운 인간'을 향해 던지는 한 송이 장미꽃이다.

122

내가 행복한 생활을 해오기에는 내조의 공이 큰 바 있다. 만약 불행히 그가 사교성이 있는 여자였더라면 나는 아마도 대관大官이 되었을 것이요, 화려한 생활이 어떤 것인지를 아는 영민한 여성이었더라면 내가 영어로 편지도 잘 쓰는 터이니 지금쯤은 큰 무역상이 되었을 것이다. － 「금반지」

도연명은 팽택 현령으로 80여 일을 견뎠지만, 선생이 대관이 되면 8일도 견디지 못할 것이다. 하물며 무역상이야 말할 나위가 있겠는가. 그럼에도 불구하고 이렇게 말하는 것은 대관과 무역상을 미워하지 않기 때문이다. 그들의 그들다운 점을 조금은 사랑하기 때문이다.

대관이 되어야 할 사람은 대관이 되어야 하고, 무역상이 되어야 할 사람은 무역상이 되어야 한다. 국민 모두가 금아 선생

같다면 우리나라는 강대국 사이에서 이리저리 차일지도 모르고, 만성적으로 무역 적자에 시달릴지도 모른다. 그러기에 우리는 대관과 무역상들을 위해 건배를 들어야 한다. 그들의 능력을 찬탄해야 한다.

그런 한편 우리가 대★ 자를 앞에 달지 못한 사실 또한 위안받아야 한다. 특히나 아내의 지극한 내조를 받고서도 대 자를 앞에 달지 못한 점에 대해서. 그러나 아내 또한 위로받고 싶은 우리의 마음을 알아 주리니, 다행히도 그는 화려한 생활보다는 평범과 일상만으로 살아온 하루하루를 달고 이쁘게 여기는 여성이다. 우리에게 꼭 맞는 여성인 것이다.

123

우리 집에는 쏘니라는 이름을 가진 강아지가 있었는데, 제 집을 끔찍이나 사랑하였다. 레이션 상자 속에 내 헌 재킷을 깐 것이 그의 집인데, 쏘니는 주둥이로 그 카펫을 정돈하느라고 매일 장시간을 보내었다. 그리고 그 삐죽한 턱주가리를 마분지 담벽에다 올려 놓고 우리들 사는 것을 구경하고 때로는 명상에 잠기기도 하였다. 그리고 저의 집앞에는 남이 얼씬도 못하게 하였다. 마치 궁성을 지키는 파수병같이. 나는 이 개 못지 않게 집을 위하였다. – 「이사」

안자晏子는 키가 매우 작은 제齊 나라 재상이었다. 그가 이웃 나라를 방문했을 때, 그 나라 왕은 재치가 뛰어나기로 이름난 그를 골려주기 위해 성문지기에 특별한 지시를 내렸다. 안자가 성문에 도착하자 수문장이 말했다. "재상께서는 키가 매우 작으시군요. 저기 개들이 다니는 구멍이 있으니 그리로 들어가시지요." 안자가 즉각 응수하였다. "사람은 사람 다니는 길로 다니게 하고, 개는 개가 다니는 길로 가게 하라."

5킬로미터만 하늘로 올라가도 사람이 개미인지 개미가 사람인지를 구별하기 어려운 것이 사실일진대 우리는 가끔 사람을 개로, 개를 사람으로 바꿔 생각해 보아야 한다. 5킬로미터 상공에서 볼 때 헌 마분지로 만들어진 집이 콘크리트 블록으로 지어진 집과 무엇이 다르며, 주인이 사는 모습을 구경하는 강아지의 한나절이 연속극을 보며 저녁 시간을 보내는 것과 무엇이 다르겠는가.

124

30년 전 내가 상해에서 공부하던 시절 내 주위에는 서영이같이 소녀라기에는 좀 지났고 젊다고 하기에는 아직 이른 코에드들이 있었다. 춤 잘 추는 M은 춤뿐이 아니라 그 아름다운 다리로 이름이 높았다. 모두들 그를 백만 달러 다리라고 불렀었다. 두 다리가 백만 달려였는지 한 다리에 백만 달러였는지는 아직도 의문이다. - 「서영이 대학에 가다」

『톰 소여의 모험』으로 유명한 마크 트웨인은 유머와 풍자로도 유명하였다. 그가 어느 때 한 부자가 연 만찬회에 참석하였는데, 주인은 음식을 내올 때마다 "이것은 몇 달러짜리입니다.", "이것은 몇 달러짜리입니다."라고 금액으로 환산하기를 그치지 않았다.

"주인장!" 비위가 상한 트웨인이 마침내 외쳤다. 주인이 돌아보자 소설가가 말했다. "여기 포도 8달러어치만 보내 주십시오."

늘씬한 다리를 보험에 드는 미인도 있는데, 예전에 그런 제도가 있었다라면 선생의 의문은 일찌감치 풀렸을 것이다. 그러나 그렇지 않더라도 조금만 생각해 보면 답을 알 수 있다. 미인은 대개 돈에게 시집가는 법이므로 그 남편을 보면 된다. 그녀의 남편이 재벌이라면 그녀의 두 다리가 백만 불이다. 재벌 2세라면? 재벌 2세의 씀씀이는 재벌보다 크므로 그 경우는 한 다리가 백만 불이다.

나의 선친께서는 주사主事라는 칭호를 돈을 주고 사셨다. 주사가 아닌 나는 피 선생 하면 된다. 어떤 피 선생이냐고 묻는 사람은 없다. 설사 있더라도 키 작은 피 선생이라 하면 그만이다. 이는 김 가로는 될 수 없는 일이다. - 「피가지변」

성이 김가인 내가 불편한 점이 있다면 그것은 금아 선생이 편리한 그 점일 것이다. 여섯 명에 한 명 꼴로 있는 김씨들. 그렇다면 알지閼智 공公과 수로왕首露王이 세상에 태어나던 때 한반도에 남자가 여섯 명밖에 없었던 것일까. 아무려나 김씨 성은 너무 흔해서 귀한 맛이 없다.

키만 해도 그렇다. 나 또한 키가 작은 편인 사람으로서 키 큰 사람에게 위압감을 느낄 때가 있다. 성경은 "누가 제 힘으로 키를 한 자나 늘일 수 있겠느냐?"고 묻는다. 이로써 볼 때 키가 큰가 작은가는 전적으로 하느님의 소관이다. 그리고 성이 김가냐 피가냐 하는 것은 전적으로 조상님의 소관이다. 키가 작고 성이 김가인 나는 은근히 하느님과 조상님을 원망한다.

126

이야기를 하노라면 자연히 남의 이야기를 하게 된다. 남의 이야기를 한다는 것은 재미있는 일이요, 이해관계없이 남의 험담을 한다는 것은 참으로 재미있는 일이다. 이런 재미도 없이 어떻게 답답한 이 세상을 살아간단 말인가. 내가 외국에서 가장 괴롭던 것은 남의 험담을 하지 못하던 것이다. 남의 말을 해서는 안 된다는 사람은 위선자임에 틀림없다. 수십 억이 된다는 모 부정 축재자의 아내가 집을 뛰쳐나가 타이피스트가 되었다는 이야기를 왜 하여서는 아니되는가? – 「이야기」

사람들이 즐겨 하게 되는 가십거리 이야기가 들릴 때 나는 부처님께서 하지 말라고 권하신 계율을 기억한다. 부처님은 네 가지 나쁜 말을 하지 말라고 하셨는데, 험한 말, 이간질하는 말, 쓸 데 없는 말, 거짓말이 그것이다. 가십 거리 이야기는 쓸 데 없는 말에 해당될 가능성이 있다.

하지만 부처님의 계율에도 불구하고 내 마음은 곧바로 이야기에 쏠리곤 한다. 알아두어도 아무 쓸 데가 없는 연예인들 이야기도 그런 이야기들 중 하나이다. 텔레비전에서 연예인들의 뒷담화가 나올 때 나는 쓸 데 없다며 채널을 돌리지 않는다. 오히려 그 이야기에서 나름의 재미를 느끼며 듣는 편이다.

전에는 그런 나를 가책했었다. 그러나 이제는 그런 나를 너그러이 용서하려 한다. 그건 부끄러움을 모르는 짓이라고? 누군가가 그렇게 생각한다면 어쩔 수 없는 노릇이지만, 나는 부끄러움을 몰라서가 아니라 나를 계율에 지나치게 속박시키지 않기 위해서 나 자신을 용서한다. 용서하는 너그러움은 남에게도 필요하지만 때로는 나 자신에게도 필요하다.

127

지금 생각해도 아까운 것은 20여 년 전 명월관에서 한때 제일 유명하던 기생이 따라 주던 술을 졸렬하게 안 먹은 것이요, 한번 어떤 친구가 자기 서재 장 안에 비장하여 두었던 술병을 열쇠로 열고 꺼내어 권하는 것을 못 받아 먹은 일이다. – 「술」

나 같았으면 이런 경우 핑계를 '졸렬'에 두지 않고 '몸'에 두었을 것이다. 이 점에서 나는 결코 금아 선생 같은 명수필을 쓸 수 없다. 졸렬에는 겸허가 있지만 몸에는 그것이 없기 때문이다.

선생이 기생과 친구의 술을 못 마셨던 것은 졸렬 때문은 아니고 실제로는 몸 때문이었을 것이다. 처음 선생을 뵈었을 때 선생은 한분순 시인과 나를 롯데 호텔 커피숍으로 이끌어 가셨다. 그때 우리는 커피 석 잔을 시켰지만, 선생은 당신의 커피를 우

리에게 반씩 따라 주셨다. 커피를 조금만 마셔도 잠을 못 주무
신다는 거였다.

그런 체질로 술 앞에 어찌 '작아지지' 않을 수 있으랴. 다만
그 작아짐을 유머의 소재로 삼는다는 점에서 나는 선생을 부러
워한다. 나 또한 선생 못지 않게 술 앞에 '자꾸만 작아지는' 체질
을 갖고 있다. 문제는 내가 그걸 선생처럼 유머로 승화시키지
못한다는 점이다.

128

나는 밤새껏 춤도 못 추어 보았다. 연애에 취해 보지도 못하고
40여 년을 기다리만 하였다. -「술」

탱고라면 몰라도 왈츠라면 한 번 추어 보았으면 싶을 때가
있다. 탱고는 역시 키가 크고 몸이 잰 남녀가 추는 것이 멋있어
보인다. 왈츠 또한 그런 사람이 추면 좋을 테지만, 왈츠의 6박
자에는 탱고의 정열이 아닌 부드럽게 흐르는 우아함이 있고, 그
것은 웬지 키가 작은 사람도 느낄 수 있을 것만 같다. 최소한 요
한 슈트라우스의 선율을 귀가 아닌 다리와 허리로 '듣는'다는 것
은 애써 시도해 볼만한 가치가 있다고 나는 생각한다.

그러나 그것을 시도해 볼만한 파티의 주빈도 손님도 되어 본

일이 없이 나는 젊은 시절을 다 보내 버렸다. 그렇다면 연애는? 금아 선생보다 사십 년 뒷세대인 나는 다행히도 그에 대해서만은 한을 남기지 않게 되었지만 연인과 함께 왈츠나 탱고를 추어 본 적은 아직껏 없다.

그러나 어떤가. 취하는 것만이 인생도 아니고, 춤과 연애만이 인생도 아니다. 취하지 못하는 것을 넌지시 웃을 수 있고, 춤과 사랑에 취한 사람들을 넌지시 바라볼 수 있는 한 인생은 그래도 살 만한 것이 아니겠는가.

129

주인이 일년에 한 번 오거나 하는 별장은 그 고요함을 별장지기가 향유하고, 꾀꼬리 우는 푸른 숲은 산지기 영감만이 즐기기도 한다. 내가 어쩌다 능참봉陵參奉을 부러워하는 것은 이런 여유에서 오는 것이다. - 「비원」

고요함을 즐길 줄 아는 별장지기와 산지기 영감이 과연 있을까. 혹 있다면 그는 숨어 있는 현자일 것이다. 부자는 어쩌다 백이伯夷, 숙제叔齊 같은 현자를 별장지기로 둘 때가 있다.

그런 부자의 별장지기가 되는 것도 나쁘지는 않을 것이다. 천하에 이름을 떨친 와룡臥龍 선생도 유황숙劉皇叔이 찾아오기 전까지는 남양南陽의 궁경포의躬耕布衣에 지나지 않았으니, 때로 부잣집 갓난아이를 위해 작명을 하거나 새로 짓는 농부의 집 상량문上樑文을 써주지 않았을까.

세조대왕이 산곡간에서 한 소년의 도움을 받아 등을 밀고 나서 "어디 가서 왕의 등을 밀었다고 소문내지 말라"고 하자 소년이 말하더란다. "대왕은 어디 가셔서 문수文殊 보살이 등을 밀어주더라고 말하지 마시오."

우리의 숨은 선비 또한 부자와 농부에게 말하리라. "행여 어느 고사高士가 이름을 지어 주더라고 말하지 마시오."라고. 그러면 그들은 웃으리라. 그 웃음을 보며 우리의 선비 또한 웃으리라. 그러나 그 두 웃음의 의미는 하늘과 땅처럼 다를 것이다.

130

사람은 본시 연한 정으로 만들어졌다. 여린 연민의 정은 냉혹한 풍자보다 귀하다. 소월도 쇼팽도 센티멘털리스트였다. – 「여린 마음」

19세기 이래 리얼리즘이 문학의 주류를 이루면서 낭만주의는 좀 모자라는 문학으로 인식되어 왔다. 그러나 감상感傷이라면 혹 몰라도 낭만은 문학의, 또는 예술의 근본 중 하나이다.

나아가 감상感傷까지도 그럴지 모른다. 소월 시素月詩의 열에 대여섯은 소녀 취향의 감상적 토로라 할 수 있다. 그런 것을 제하고 남은 너덧 가운데, 어떤 것은 감상이 낭만으로 올라섰고, 낭만이 아주 높은 수준으로 올라가 명작이 된 것도 있다.

「진달래 꽃」 같은 명시는 그런 감상과 낭만의 토양 위에서 탄생된 것이다. 미당未堂의 시가 훌륭하다는 사람도 있고, 이상李箱의 시가 독보적이라는 사람도 있다. 그렇지만 「정읍사」「가시리」「청산별곡」과 함께 오백 년 뒤의 사람들이 애송할 20세기 한국시를 꼽을 경우 「진달래 꽃」을 제할 사람은 거의 없을 것이다.

그러니 시인은 가끔 소녀가 되어 감상에 젖어도 볼 일이다. 어떤 연애도 남이 보기에는 유치하듯이 어떤 문학도 차가운 눈으로 보면 다 유치할 뿐이다. 정 많은 사람, 남의 고통에 눈물짓는 사람. 그런 사람에게만이 문학은 유치를 넘어 위로가 되고, 사상이 되고, 힘이 된다.

131

유머는 위트와는 달리 날카롭지 않으며 풍자처럼 잔인하지 않다. 유머는 익살이 아니다. 위트는 남을 보고 웃지만 유머는 남과 같이 웃는다. 서로 같이 웃을 때 우리는 친근감을 갖게 된다. 유머는 다정하고 온화하며 지친 마음에 위안을 준다. 유머는 가엾은 인간의 행동을 눈물 어리는 눈으로 바라볼 때 얻어지는 것이다. 그러므로 유머에는 애수哀愁가 깃드는 때도 있다. - 「유머의 기능」

한 소녀가 아인슈타인에게 편지를 보냈다.

"선생님께서 살아 계신 줄 몰랐어요. 저는 역사에는 관심이 없거든요. 그래서 선생님을 18세기 때쯤 사신 줄 알고 있었어요. 제가 뉴턴이나 다른 어떤 사람과 선생을 혼동했었나 봐요."

이에 대해 아인슈타인이 답장을 보냈다.

"7월 10일에 보내 준 편지에 감사한다. 아직 살아 있는 것을 사과하마. 그러나 이것도 언젠가는 시정이 되겠지."

착각은 소녀가 했지만 사과는 아인슈타인이 한다. 그것도 단순한 착각을 수명으로써 한다. 거기에는 너그러운 유머가 있다. 이로써 보더라도 아인슈타인은 인간으로서도 참 좋은 사람이었다. 금아 선생에게도 그런 인품이 있다. 나는 금아 선생과 아인슈타인의 인품이 부럽고, 그분들이 구사하는 유머가 부럽다.

8. 종달새는 푸른 하늘을 꿈꾼다
― 자유, 이상, 민주주의

132

빈한貧寒이라는 말은 냉랭한 겨울 날씨같이 오히려 좋은 데가 있다.―「조춘」

글자 하나하나로만 보면 아무도 좋아할 수 없을 것 같은 가난 빈貧 자와 추울 한寒 자. 하지만 그 두 글자가 만나면 뜨거울 열熱 자나 부자 부富 자보다 몇 길 위에서 고귀한 기운을 풍기게 된다.

냉랭한 겨울 날씨는 몸을 깨우고 정신까지 깨운다. 이른 아침 영하 1도쯤 되는 날씨에 계곡에 흐르는 찬물에 들어간 적이 있다. 아직도 기억되는 그때의 차가움이 피부와 골근骨筋뿐아니라 나의 정신에도 오래오래 기억되기를.

추운 것을 즐길 줄 모르는 한 송백지사松伯之士는 기대될 수 없다.

133

"무슨 새지?"

어떤 초대석에서 한 손님이 물었다.

"종달새야."

주인의 대답이다.

옆에서 듣고 있던 나는,

"종달새라고? 하늘을 솟아오르는 것이 종달새지, 저것은 조롱鳥
籠새야."

내 말이 떨어지자 좌중은 경탄하는 듯이 웃었다. -「종달새」

그러나 선생은 곧 이를 후회한다. 그 사이에 말과 정신의 거
리가 있다.

말, 또는 글을 업으로 하다보면 가끔 본질보다 말 자체, 글 자
체에 마음이 더 쏠리는 수가 있다. 그래서 재치를 부리게 되는
데, 재치를 너무 부리다 보면 사물에 대한 인식이 본령에서 멀
어지기도 한다.

'종달'과 '조롱'은 음운상으로 통한다. 선생은 음운을 이용하
여 좌중을 경탄시켰다. 글이 그 일을 전하는 데서 끝났다면 싱

거운 자기 자랑이 되었을 것이요, 기초적인 문학 강론이 되었을 것이다. 그러나 선생이 집에 돌아와 생각하는 것은 종달새의 자유다. 억압의 상대말로서의 자유, 구속된 자가 꿈에도 그리워하는 자유, 그 뜨거운 열망 앞에서는 재치있는 말은 차라리 심장을 찌르는 비수가 된다.

그래서 우리는 그 다음으로 이어지는 선생의 글을 읽어 보아야 한다.

134

비록 갇혀 있는 새라 하여도 종달새는 공작이나 앵무새와는 다르다. 조롱 속의 새라도 종달새는 종달새다.

종달새는 갇혀 있다 하더라도 푸른 숲, 파란 하늘, 여름 보리를 기억하고 있다. 그가 꿈을 꿀 때면, 그 배경은 새장이 아니라 언제나 넓은 들판이다.

아침 햇빛이 조롱에 비치면 그는 착각을 하고 문득 날려다가 날개를 파닥거리며 쓰러지기도 한다. 설사 그것이 새장 속에서 태어나 아름다운 들을 모르는 종달이라 하더라도, 그의 핏속에는 선조 대대의 자유를 희구하는 정신과 위로 위로 지향하는 강한 본능이 흐르고 있는 것이다. ‒「종달새」

종달새라고 이름만 붙였을 뿐 한민족이라면 누구나 느낄 것이다, 우리 자신이 종달새였을 때가 있었음을. '푸른 숲, 파란 하늘을 기억'하며 '착각을 하고 날려다가 날개를 파닥거리며 쓰러진' 선열들이 있었음을.

종달새가 기억하는 여름 보리. 한흑구 선생은 종달새 대신 겨울을 이겨내는 보리로써 한민족의 가슴에 용솟음치는 같은 감정을 이렇게 말하고 있다.

"칼날같이 매서운 바람이 너의 등을 밀고, 얼음같이 차디찬 눈이 너의 온몸을 덮어 엎눌러도 너는 너의 푸른 생명을 잃지 않았었다."

"온 겨울의 어둠과 추위를 다 이겨내고, 봄의 아지랑이와 따뜻한 햇볕과 무르익은 장미의 그윽한 향기를 온몸에 지니면서, 너, 보리는 이제 모든 고초苦楚와 비명悲鳴을 다 마친 듯이 고요히 머리를 숙이고 성자인 양 기도를 드린다."

"보리, 너는 항상 순박하고, 억세고, 참을성 많은 농부들과 함께, 이 땅에서 영원히 사라지지 않을 것이다."

그러나 그 보리는 이제 거의 사라졌다. 보리만을 그리는 화가의 그림을 통해서만 볼 수 있게 된 싱싱한 보리. 애국애족 또한 그 보리처럼 귀해져 가는 세상이다.

예전 북경에는 이른 새벽이면 고궁 담 밖에서 조롱을 들고 서 있는 노인들이 있었다. 궁 안에서 우는 새소리를 들려 주느라고 서 있는 것이다. 울지 않던 새도 같은 종류의 새소리를 들으면 제 울음을 운다는 것이다. 거기 조롱 속에 종달새가 있었다면, 그 울음은 단지 배워서 하는 노래가 아니라 작은 가슴에 뭉쳐 있던 분노와 갈망의 토로였을 것이다. - 「종달새」

'갈망' 같은 극단적인 말은 금아 선생의 글에서 찾아보기 어렵다. 혹 있다면 '온아우미'를 말하던 선생이 '화려함'을 말하는 정도일 뿐. 그런데 여기서 선생은 갈망과 함께 '분노'라는 더욱 극단적인 말까지 쓰고 있다. 그만큼 '작은 가슴에 뭉쳐 있는' 감정은 뜨겁고 깊었던 것이다.

1910년 생이니까 선생은 일제가 우리나라를 병탄하던 무렵 태어나신 것이요, '서른여섯 중년 고개'라고 하신 선생이니까 1945년에 해방이 되었을 때는 그 중년을 지나던 무렵이었을 것이다. 유소년 시절과 청장년 시절을 모두 일제의 억압 아래 보낸 세대. 그 세대에게 있어 종달새의 자유를 향한 날개짓은 그만큼 더 치열하게 느껴졌으리라.

종달새에게 창공을 가르쳐 줄 필요가 없듯이 사람에게 자유를 가르쳐 줄 필요는 없다. 배우지 않아도 누구나 다 자유를 원한다. 다만, 선각자가 있어 담장 밖에서 울음소리를 내줄 필요는 있을 것이다. 이제는 독립한 우리나라, 그러나 아직도 남북으로 나뉜 한민족이다. 도산島山과 백범白凡은 지금도 어디에선가 조롱을 들고 종달새 소리를 들려주고 있다. "깨어나라, 한민족!" 그 조롱 속의 종달새는 이렇게 울고 있다.

136

칼멜 수도원의 수녀는 갇혀 있다 하더라도 죄인이 아니라 자유없는 천사다. 해방 전 감옥에는 많은 애국자들이 갇혀 있었다. 그러나 철창도 콘크리트 벽도 어떠한 고문도 자유의 화신인 그들을 타락시키지는 못했다. – 「종달새」

방송에 출연하신 선생에게 과거 회상을 주문하자 선생의 입에서 나온 단 한마디는 '부끄러움'이었다. 윤동주 시인 못지 않게 순수한 선생의 마음이고 보면 '하늘을 우러러 한 점 부끄럼 없기를' 어찌 소망하지 않았으랴. 선생의 애국지사들에 대한 부끄러움은 구순을 넘긴 지금까지도 유일한 회한으로서 남아 있다는 것을, 나는 이번 방문길에 또다시 느끼게 되었다.

"우리나라에는 과거 자유를 향한 투쟁이 꼭 필요한 때가 있었습니다. 나는 그때 투쟁의 일선에 나서지 못했습니다. 다만, 뒷골목에 숨어 다니면서 그 분들을 생각하며 한숨짓고 마음으로만 후원하였을 뿐입니다." 선생이 하신 부끄러움의 고백이다.

나 또한 민주화 운동이 절실하던 때 투쟁하지 못한 사람으로서 같은 부끄러움을 느낀다. 나는 젊은 시절에 공적인 정치 상황과 사적인 정신적 순결 사이에 어떤 관계가 있는지를 잘 살피지 못했었다. 그것을 살피게 되었을 때에는 이미 독재가 사라져버린 뒤였다.

지금 생각하면 그런 변명이라도 가능했던 당시의 정황이 고맙기도 하다. 내가 일찍이 독재가 의미하는 바와 정치적 자유가 얼마나 귀중한지를 알았더라면 감옥에는 혹 가지 않았을지라도 유치장 신세 정도는 져야 했을 것이다. 그 결과 사람에 대한 원망을 키웠을지도 모른다.

아무런 고통을 겪지 않고서 자유를 얻은 우리 평범한 이들은 투쟁하던 지사들의 아픔을 기억해야 할 것이다. 그분들의 고귀한 뜻이 실현될 수 있도록 애써야 할 것이다.

137

단추나 지퍼를 등에다는 달지 말라. 이는 의뢰심의 표현이다.
- 「모시」

이 글을 읽고나서 나 또한 등뒤에 단추를 단 옷을 입은 여성을 좋아하지 않게 되었다. 누군가가 벗기고 입혀 주어야 하는 옷. 거기에는 남성의 보호 본능을 이용하려는 여성의 심리가 있다고 느껴졌기 때문이다.

다행히도 내 아내는 그런 옷을 입지 않는다. 내가 그 말을 하지 않았는데도 그러는 것은 더욱 다행한 일이다. 아들도 그런 여인을 사랑하지 않기를.

당당한 여성은 당당함으로써 세 배 더 아름다워진다.

138

나는 어려서 무서움을 잘 탔다. 그래서 늘 머리맡에다 안데르센 동화에 나오는 주석으로 만든 용감한 병정들을 늘어놓고야 잠이 들었다. 아침에 눈을 떠 보면 나의 근위병들은 다 제자리에서 꼼짝도 아니하고 서 있는 것이다. – 「장난감」

무서움을 잘 타는 거야 어린아이의 당연한 일이라고 하더라도, 문제는 어른이 되어서도 무서움증이 아주 없어지지는 않는다는 점이다. 가난은 그래도 견딜 만하고, 믿었던 이에게 배신당하는 아픔도 시간이 가면 잊혀질 것이다. 그러나 쇠창살과 고문이라면 두렵지 않을 수 없다.

고문을 당해 본 분으로부터 이야기를 들은 적이 있다. "그때 내 앞에 총이 있었다면 나는 보이는대로 다 죽여 버렸을 것입니다. 고문하는 사람만이 아닙니다. 길거리에 지나가는 사람을, 그가 착하냐 악하냐와 상관없이, 그가 어린이냐 노인이냐를 가리지 않고 다 죽여 버렸을 것입니다."

그렇게 말하면서 그분은 나직이 웃었다. "그러니 나는 마음으로 살인을 한 것입니다. 그들은 나를 단지 고문했을 뿐 죽이지는 않았는데 나는 수백 명을 죽였습니다." 고통을 유머섞어 말했던 그분을 나는 존경한다.

그분이 작년에 막사이사이 상을 받았다. 평화를 위해 진력한 당연한 상찬이다. 그리고 나는 아직 그런 상을 받을 만큼 두려움을 덜지 못한 채 있다. 너그러움을 기르지 못한 채 있다. 여기에서 훌륭한 이와 범속한 자가 갈린다.

139

'일단사일표음—單食—瓢飮[9]'으로 나는 도道를 즐길 수 없다. 나는

---

9) 한 덩어리의 음식과 한 표주박의 물. 『논어』에 나오는 표현으로, 공자는 자신의 제자 안회顔回가 이런 궁핍한 조건으로 뒷골목에 살면서도 도를 즐긴다며 칭찬하였다.

속인이므로 희랍 학자와 같이 자반 한 마리와 빵 한덩어리로 진리
를 탐구하기 어렵다.

桐千年老恒藏曲
梅一生寒不賣香
오동은 천 년 늙어도 항상 가락을 지니고,
매화는 일생 추워도 향기를 팔지 않는다.

물론 마음의 자유를 천만금에는 아니 팔 것이다. 그러나 용돈과
얼마의 책값과 생활비를 벌기 위하여 마음의 자유를 잃을까 불안할
때가 있다. -「용돈」

그러고보니 선생의 글이 긍정없이 끝나는 경우가 여기에 하
나가 더 있다. 자유가 그만큼 절박한 문제라는 것을 나타내는
장면이다. 마음의 자유는 몸의 자유 못지 않게 중요하다. 어떤
경우 그것은 몸의 자유보다도 더 중요할 수 있다.
일단사일표음으로 누항陋巷에 살면서도 자약自若했던 안회는
어떤 사람이었을까. 나는 『논어』에 나오는 그의 이미지를 떠올
리면서 그분이 동양의 예수가 아닐까 생각할 때가 있다. 그의
스승이었던 공자 같았던 이를 서양에서 찾는다면 맨처음 떠오
르는 사람은 괴테인데, 괴테와 공자에게서는 중용中庸과 함께

호한광대浩汗廣大한 바다가 연상되지만 예수와 안회에게서는 순결과 무욕이 느껴진다. 공자는 제자였던 안회를 가리켜 당신보다 낫다고 말한 적이 있다.

그런 안회가 서른을 넘기지 못하고 죽었다. 엄숙한 스승은 통곡해 마지 않았다. 예수 또한 서른을 갓 넘기고 죽었다. 예수를 사랑하던 여인들은 하늘이 무너진 듯한 비탄에 빠졌다.

그러나 이것은 어디까지나 성자들의 경지이다. 그 아래에 현자가 있고, 군자가 있고, 기사가 있고, 신사가 있고, 마지막에 범인이 있다. 악인을 면한 것만을 다행으로 여기는 우리. 우리는 겨우 신사가 되기만을 꿈꿀 뿐이다. 그러면서 성자와 현자들을 흠모한다.

140

하이든 심포니 제1악장은 무지개와도 같다. - 「보스턴 심포니」

"무지개를 보면 아직도 가슴이 뛴다."고 워즈워스는 노래한다. "겨울은 강철로 된 무지개인가보다."라고 이육사는 노래한다. 그리하여 무지개는 어린아이의 순수한 마음이요, 매서운 추위 가운데서 솟아오르는 희망이다.

무지개는 이상이고, 이상은 자유다. 정치적인 자유가 생기면 경제적인 자유를 원하는 것이 사람의 속성, 그 다음에는 정신의 자유, 마음의 자유를 추구해야 한다. 청빈과 겸허, 해탈과 고결이 그 종착점이다. 삶은 종착점에 이르러 다시 무지개로 선다. 그리곤 홀연 자취를 감춘다.

141

너는 아빠가 실망하게 변해 가지는 않나 생각해 본다고 하였다.
— 「딸에게」

재작년에 큰아들을 뉴질랜드로 보냈다. 떠나기 전날 밤 나는 한 가지만을 요구한다고 말해 주었다. "떳떳하거라. 당당하거라. 그것이 굽어지는 순간 너의 행복도 굽어질 터이니까."

내가 그렇게 살아 왔다면 굳이 그런 말을 하지 않았을 것이다. 어버이는 자신이 못 다 이룬 바를 은연중 자식에게 투사한다. 그러나 그 투사가 물질욕이 아닌 한, 어버이 밑에서 그릇된 자식이 나올 리 없다고 자위해 본다.

세상에서 가장 무서운 것은 내가 사랑하는 사람이며, 거기서 더 무서운 것은 내가 사랑하는 사람에게 실망을 안겨주는 것이다. 그러니 더 많이 사랑하고, 사랑하는 사람 중에 정신적으로 고결한 이를 포함시킬 일이다. 그러고 나서 때때로 내가 그분을 혹 실망시키지는 않는지 생각해 볼 일이다. 그런 부모나 친지나 스승이 없다면, 책 속에서라도 그런 분을 찾을 일이다. 혼자서라도 그런 분을 사숙私塾할 일이다.

142

"고맙습니다. 그러나 저는 책임으로나 인정으로나 환자들을 내버리고 갈 수는 없습니다."

나는 그의 맑은 눈을 바라다 보았다.

상해사변 때문에 귀국한 지 얼마 후였다. 춘원이 『흙』의 여주인공 이름을 얼른 작정하시지 못하는 것을 보고 있다가 나는 문득 그를 생각하고 '유순'이라고 지어 드렸다. 지금 살아 있는지 가끔 그를 생각할 때가 있다. ─「유순이」

선생과 교분을 나눈 분들의 면면은 눈이 크게 뜨일 정도로 대단하다. 도산 안창호, 춘원 이광수, 여심 주요섭, 치옹 윤오영. 더하여 로버트 프로스트가 있고, 이미 살다가 떠난 이들로는 도연명과 찰스 램이 있다.

그분들은 역사에 이름을 남겼거나 남달리 특출한 재능을 지녔던 분들이다. 그런 가운데 유순이라는 한 여성이 선생의 인연 속으로 떠오른다. 천상 한국 여인일 수밖에 없는 그녀는 휴머니스트로서의 마음을 지녔었나보다.

인정이 책임을 낳고, 책임이 인정을 둘러싼 그녀도 이제는 할머니가 되었으리라. 어쩌면 할머니 다음의 과정을 갔을지도 모른다. 그러나 어떠랴. 그녀는 '시들어가는 백합'의 모습 이전에서 멈춰 서서 영원한 '목련꽃'으로 아직껏 남아 있다. 남아서 지금도 가난하고 불행한 사람을 돕느라 병실 사이를 오가고 있다.

143

스피노자의 전기를 어떤 세속적인 학자가 썼다고 하여 이를 비난하는 사람이 있었다. 이런 비난은 옹졸한 것이다. 마리아는 창녀의 기도를 측은히 여기고, 충무공은 소인들의 참배를 허용하시리니, 내 감히 도산島山을 추모할 수 있을까 한다. ─「도산」

내가 이 구절을 깊이 생각했다면 감히 부처님의 전기를 쓰지 못했을 것이다. 나는 이 구절을 예전에도 읽었지만 깊이 생각하지 않았기 때문에 겁없이 『깨달음의 향기』라는 책을 썼다.

그러나 다시 생각하고나서 그것이 잘못만은 아니라고 여기게 되었다. 부처님은 모든 걸 초월하신 분이므로 내가 쓴 당신의 전기를 너그러이 수용하실 거라 생각되었기 때문이었다. 그러자 엄숙하고 완전해만 보이던 부처님이 장난스러운 웃음을 지으며 다가오는 듯처럼도 여겨졌다.

금아 선생 또한 도산을 같은 마음으로 찬양한다. 아직 작가가 되기 전, 내 글이 실린 기념으로 잡지 '샘터'에서 도산 선생의 흉상을 보내왔었다. 애석한 것은 여러 차례 이사를 하는 동안 그 흉상을 잃어버린 것이다. 내가 자유를 향한 투쟁을 하지 못한 채 젊은 시절을 보낸 것의 절반은 아마도 그 때문일 것이다.

144

가졌던 큰 기대에 대하여 환멸을 느끼지 않은 경험이 내게 두 번 있다. 한 번은 금강산을 처음 바라보았을 때요, 또 한 번은 도산을 처음 만나 뵌 순간이었다. ―「도산」

문학 잡지사에서 4년 동안 일하면서 수많은 문인들을 가까이서 보아 왔다. 내면까지 들어가 본 것은 아니지만, 그렇더라도 그분들의 일상이 독자의 그것과 크게 다르지 않다는 것을 확인하는 데는 오랜 시간이 필요하지 않았다.

수필가가 된 뒤, 나는 금아 선생님께 편지를 썼다. 얼마 뒤 칠순을 넘기신 선생께서 직접 잡지사에 찾아와 주셨다. 누가 찾아와서 그렇게 기쁘기는 군대에 들어간 지 여섯 달만에 가족들이 면회를 온 이후 처음이었다.

그때 뒤로 선생을 자주 찾아 뵈었다. 선생과의 만남은 글을 읽고 사람을 상상하던 나로 하여금 사람을 보며 글을 상상하는 즐거움을 더해 주었다. 사람과 글의 일치를 나는 선생에게서 처음으로 느꼈다.

그러니 도산을 뵌 선생인들 오죽 했으랴. '반사적 광영'을 말한 적이 있는 선생이다. 선생이 도산 선생의 인품에서 반사적 광영을 느꼈듯이 나 또한 선생의 마음씨에서 '반사적 행복'을 느낀다. "글은 사람이다."는 말은 금아 선생의 경우 여전히 진실이다.

145

그는 아깝게도 크나큰 과오를 범하였다. 1937년 감옥에서 세상을 떠났더라면 얼마나 다행한 일이었을까. - 「춘원」

여기에서 말하는 '그'는 춘원 이광수 선생이다. 한국 소설 문학을 개척한 춘원, 2·8 독립 선언으로써 젊은 지사로 등장했던 춘원. 그러나 일제는 그의 다감한 성품을 물고 늘어져 끝내 그를 변절자로 바꿔 놓고 말았다.

이것은 춘원의 비극이자 우리 문학의 비극이었다. 그 일만 아니었더라면 춘원은 한국의 빅토르 위고가 되었을 것이다. 저항

하기가 그리도 어렵거든 차라리 붓을 꺾고 숨기라도 하였더라면 그에 대한 존경심이 무너지지는 않았을 것이다. 그러나 밤하늘의 달처럼 뚜렷하던 춘원에 비해 문명文名이 작은 별 수준밖에 안 되던 젊은 문인 가운데서도 자진하여 친일에 나선 이들이 있었다. 그에 비하면 춘원은 거물이었고, 그러다보니 일제의 추근거림과 압력은 더욱 클 수밖에 없었으리라.

다행히도 몇몇 문인들은 그 엄동嚴冬 같던 시절을 잘 견디었다. 윤동주와 이육사와 한용운처럼은 아닐지라도 지훈처럼 붓을 꺾은 이들도 적지 않았다. 금아 선생 또한 요양을 핑계삼아 금강산에 들어가신 적이 있다.

다행히도 일제는 패망하여 "일이 극에 이르면 반드시 돌아온다物極必反."는 『역易』의 잠언이 증명되었다. 민족을 위해서도 그렇지만 금아를 위해서도 다행한 일이었다. 다만 국권을 회복한 상태에서 금아와 함께 우리는 춘원의 경우를 애석하게 여긴다.

146

프로스트는 순진하고 소박한 시인이다. 그의 말은 쉬운 동사를 쓰며 형용사를 많이 쓰지 않는다. 그리고 자기가 믿는 바를 독자에게 강요하지 않으며 자기와 같은 진리의 기쁨을 나누자고 친절한 초대를 한다. 그의 시를 읽을 때면 마음이 놓이는 친구와 이야기를 나누는 것 같다. – 「프로스트」

지금은 어떤지 모르겠으나 예전에는 선생이 번역한 프로스트의 시 「가지 않은 길」이 교과서에 실렸었다. 두 길 앞에서 망설이는 마음, 그리고 못 가본 길에 대한 아쉬움을 순박하고 잔잔하게 노래하는 명편이다.

기이奇異하지 않은, 그러나 순간순간 반짝이는 일상 속의 아름다움. 남의 눈에 띄어야만 성공할 수 있는 다량생산, 다량소비 시대에는 맞지 않는 이런 성정이 선생의, 그리고 프로스트의 본심이다. 그리고 그것이 우리의 본심이기도 한 것, 다만 우리는 그런 본심을 굳건하게 지켜내지 못하고 있는 것뿐이다.

나 또한 그 둘 사이에서 방황할 때가 있다. "기특한 것은 진리에서 멀다."는 옛 현자의 말을 음미하며 마음을 가다듬다가도 문득 남들이 나를 기억해 주지 않는 것에 초조해지는 때가 있는 것이다.

그럴 때는 프로스트를 읽어야 한다. 『논어』를 읽고 『채근담』을 읽어야 한다. 그리고 금아 선생의 글을 읽어야 한다.

147

나는 위대한 인물에게는 매력을 느끼지 못한다. 나와 유사성이 너무나 없기 때문인가 보다. 나는 그저 평범하되 정서가 섬세한 사람을 좋아한다. 동정을 주는 데 인색하지 않고 작은 인연을 소중히 여기는 사람, 곧잘 수줍어하고 겁 많은 사람, 순진한 사람, 아련한 애수와 미소 같은 유머를 지닌 그런 사람에게 매력을 느낀다. ─「찰스 램」

영어로 쓰여진 가장 좋은 수필이라는 램의 글 가운데 나는 「꿈속의 아이들」과 「옛 도자기」만을 취할 뿐이다. 위대한 작가라 해도 대개 그렇다. 그들의 작품 구십 퍼센트는 명작 한두 개를 위한 밑거름이거나 과정일 뿐이다.

찰스 램의 명작 두 편은 현실을 환상과 뒤섞어 놓았다는 점에서 생텍쥐페리의 『어린 왕자』와 비슷하다. 어디까지가 현실이고 어디서부터가 환상인지가 불분명하다. 그래서 이 두 편의 글은 램이 실제 겪은 일만으로 이루어진 거라고 생각되지 않는다. 수필에서도 상상에 의한 사실의 가공加工이 가능한가 하는 문제는 전문 학자들이 논할 바이겠지만, 나는 이 문제에 대해 "그렇다."라고 말하고 싶다.

금아 선생 또한 그에 대해 나와 같은 생각을 가지고 계신 듯

하다. 그 한 예가 「인연」이다. 여기에 나오는 아사코가 반드시 실제의 아사코일 필요는 없다. 같은 이치로 「은전 한 닢」에 나오는 거지 또한 반드시 실재해야 하는 것은 아니다. 수필 또한 문학이라면, 거기에는 얼마간이라도 창조가 있어야만 한다. 창조는 상상과 가공이 아니고서는 높은 지경에까지는 이르기 어렵다.

찰스 램은 부드러운 유머와 환상을 통해 사소한 이야기를 영원한 무드mood로 바꿔 놓았다. 그런 무드를 창조할 수 있었던 것만으로 그가 얼마나 다감하며, 얼마나 삶의 애환을 잘 이해했는지를 미루어 짐작할 수 있다. 우리는 그런 사람을 사랑하지 않을 수 없다. '정서가 극히 섬세한 사람'이라면 더욱이나 그럴 것이다.

148

그는 램lamb이라는 자기 이름을 향하여 "나의 행동이 너를 부끄럽게 하지 않기를. 나의 고운 이름이여."라고 하였다. 그는 양과 같이 순결한 사람이었다. - 「찰스 램」

평생 양Lamb이라고 불리었을 찰스 램이 염두에 둔 것은 예수였을 것이다. 예수야말로 '이스라엘의 어린 양'이 아니었던가.

"진홍같이 붉은 죄가 양털같이 된다."는 것은 성경의 말씀이거니와, 예수는 양털처럼 하얀 분이자, 양처럼 온순한 분이었다.

그러니 양에게 부끄럽지 않기는 진정 어려운 일. 램은 과연 '부끄럽지 않기를'의 소망을 달성할 수 있었을까. 그러나 어떠랴. 소망은 그것을 가졌다는 것만으로도 이미 절반의 성취인 것을.

창씨가 허용된다면 양羊을 집안의 이름으로 삼아볼만한 일이다. 양띠도 있고, 양梁 씨와 양楊 씨, 양良 씨는 있어도 양羊 씨가 없는 까닭을 나는 아직껏 이해하지 못하고 있다.

149

고故 조지훈 선생을 가리켜 마지막 선비라고 부른 이가 있었다. 치옹은 지훈 이후에도 아직도 남아 있는, 그리고 미래에서 있을 선비 중의 한 사람일 것이다. - 「치옹」

치옹痴翁은 수필가 윤오영尹五榮 선생의 아호이다. 선생은 금아 선생과 학생 시절부터의 문우文友였다. 이번 방문 때도 금아 선생은 치옹 선생을 추억하셨다. "해방 후에는 고등학교 선생이면 다 대학교수가 되었거든. 그런데도 치옹만은 끝까지 교사로 머물렀어." 그분의 씩씩했던 지조를 그리워하셨던 것이다.

치옹이 수필을 쓰기 시작한 것은 쉰이 넘어서였는데, 내가 문단에 들어서던 때 그분은 이미 이세상 어른이 아니었다. 그래서 수필에 대한 그 분의 열정과 사랑을 나는 그 분의 명저『수필문학 입문』을 통해, 그분의 수필집『고독의 반추』와 월간지《수필문학》에 실린 그분의 연재물을 읽으면서 느꼈다. 그분이 가려뽑은 수필 선집인『한국 수필 정선』은 현대 독자에게 다시 소개되어야 할 것으로서 내 마음 안에 자리잡고 있기도 하다.

치옹의 글은 한문 투가 많은 것이 약간 마음에 걸린다. 한문에 익숙한 편인 나는 그 글맛을 조금이나마 알지만 현대 독자에게는 멀게 느껴질 것이다 우연찮게 치옹의 '옹翁'은 늙은이를, 금아의 '아兒'는 어린아이를 가리킨다. 과거와 미래처럼 엇갈리는 두 분의 아호. 그러나 금아의 '금琴'에 들려오는 청아한 거문고 소리가 치옹의 경우라 해서 '치癡(어리석음)'로 바뀌는 것은 아니다. 치옹의 글은 치癡는커녕 지智로 충만해 있다. 곧고 빠르고 힘차다.

150

그때 그 얼굴들. 그 얼굴들은 기쁨이요 흥분이었다. 그 순간 살아있다는 것은 축복이요 보람이었다. 가슴 여는 희망이요, 천한 욕심은 없었다. 누구나 정답고 믿음직스러웠다. 누구의 손이나 잡고 싶었다. 얼었던 심장이 녹고 막혔던 혈관이 뚫리는 것 같았다. 같은 피가 흐르고 있었다. 모두 다 '나'가 아니고 '우리'였다. – 「1945년 8월 15일」

해방의 감격을 느껴보지 못한 우리는 월드컵 때의 열기로써 그것을 짐작해 볼 뿐이다. 그러나 해방의 감격이 어찌 그 정도였겠는가. 그것은 스포츠가 아니라 생존이 걸린, 피와 뼈와 골수가 걸린 문제였었다. 월드컵 때 눈물을 흘린 마음으로 해방 때 우리 민족은 기쁨의 피눈물을 흘렸을 것이다.

그로부터 50여 년. 지금 우리는 해방의 감격을 잊어가고 있다. 광복절이 하루 쉬는 날쯤으로 변해가고 있다. 그러나 자유 정신을 잃으면 모든 것을 잃는다. 국가의 자유는 개인의 자유와 떨어질 수 없는 것이다.

지금 우리 조국의 자유는 여러 측면에서 시험받고 있다. 일제 강점과는 또다른 의미의 굴욕이 보이게, 또는 보이지 않게 강요되기도 한다. 언제 어디서나 그 민족의 자유는 그 민족 스스로에게 최종적으로 책임이 있다. 지금 우리에게는 '아직도 가야 할 길'이 남아 있다.

아인슈타인이 나 같은 사람의 예찬을 받은 것은 이번이 처음일 것이다. 나는 상대성 이론을 해독해 보려고 몇 번 노력을 했었다. 한 번은 친구가 준 『시인을 위한 물리학』이라는 책 때문이었다. 이 책은 처음 대하는 나에게 큰 기쁨을 주었다. 그러나 얼마 아니 가서 그 책은 고통을 주기 시작하였다. 어떤 여자와 같이. 다만 다른 점은 여자가 석연치 않은 때는 그녀를 미워하게 된다. 학문이 석연치 않을 때는 나를 미워하게 된다. 진리에 대한 존경심은 변함이 없다. 순수이성비판純粹理性批判을 이해하지 못하고도 칸트의 생애를 흠모할 수 있듯이 상대성 이론을 모르고도 아인슈타인을 사랑할 수 있다. 물리학자의 아인슈타인은 우리 모두의 아인슈타인이기도 하다. ―「아인슈타인」

아인슈타인은 유태인이었지만 독일에서 살았고, 나중에는 미국으로 망명했다. 시오니즘에 동조하기도 했다. 그러나 아인슈타인의 정신의 본질은 세계주의에 있다. 우주에 대해 가장 멀리 보고 깊게 통찰한 사람답게, 그는 인간사의 사소한 다툼을 '달팽이뿔 위의 전쟁'처럼 부질없는 노릇으로 생각했다.

언젠가 그가 하늘을 바라보며 뜰앞에 앉아 있었다. 지나가던 사람이 무얼 하느냐고 묻자 그는 대답했다고 한다. "별을 바라보고 있소." 아인슈타인은 그때 별을 보고 있었던 것이 아니라, 별에서 지구를 내려다 보고 있었을지 모른다. 별에서 보면 지구 또한 별이다. 별은 별처럼 빛나야 한다. 사람이 사는 우리의 이 지구 또한 별처럼 아름다워야 한다.

후기를 대신하여

금아 선생님께

김 정 빈

간밤에 내린 폭설로 서울이 잠깐 알래스카라도 된 것 같습
니다. 그동안 안녕하시온지요. 마음에 맞는 친구나 연인과 따뜻
한 차 한 잔을 나누고 싶어지는 이런 날, 문득 선생님 생각이 떠
올라 펜을 들었습니다.

지난 번 박연구 선생 따님의 결혼식에서 하신 선생님의 주례
사는 제가 보아온 중 단연 으뜸이었습니다. 그날은 또한 이제
팔십 되시는 선생님께서 아직도 정정하심을 확인하는 기쁨도
누릴 수 있어 좋았습니다. 마음 같아서는 가까이 다가가 인사를
드리고 싶었지만, 쑥스럽기도 하려니와 그동안 너무 적조하였
던 죄송스러운 마음에 차마 그럴 수 없었습니다.

선생님.

선생님께서는 그 깨끗하고 격조 높은 글에서는 이를 나위도

없거니와, 군더더기 없는 개결하신 삶으로서 저를 감탄케 해오셨습니다. 선생님께서는 "산호와 진주는 나의 소원"이라 하시고, "그러나 그것을 될 수 없는 일"이라고 하신 다음, 자신의 글을 '조가비와 조약돌'에 비유하셨습니다. 또한 선생님께서는 '소인배의 참배를 허락하실 충무공의 너그러움'을 전제하시고서야 도산 선생이나 아인슈타인을 예찬하실 만큼 겸허하셨습니다. 하지만 그런 선생님의 글은 이제 저에게 도리어 '산호와 진주'가 되었습니다. 그리고 그런 선생님의 겸허한 인품은 이런 편지조차 함부로 드리기가 망설여지게까지 되었습니다.

선생님.

금년 3월로 저도 이제 문단에 발을 내디딘 지 십 년째가 됩니다. 되돌아 보면 감회가 없을 수 없습니다. 글쟁이로서 발을 내딛던 때 저는 가난하고 여린 몸과 마음으로 겨우겨우 자신을 지탱해 오던 20대였고, 문학을 통해 조금 더 순수하고 조금 더 진지하게 삶에 접근코자 하는 한 청년에 지나지 않았습니다

그리고 그때 제 앞에는 선생님의 글과 삶이 있었습니다. 그때 제게 있어서 선생님의 글은 '산호와 진주'였고, 선생님의 삶은 '바닷속 깊이깊이 거기에' 있었습니다. 저는 선생님의 글에 감탄하면서 동시에 절망했었고, 선생님의 삶에 존경심을 담아 머리 숙이며 자신감을 잃었습니다.

저는 "도연명의 허실유여한虛室有餘閑이라는 시구는 선미禪味는

있을지 모르나 아늑한 감이 적다"고 하신 선생님 자신의 거실에서 아늑함이 아니라 도리어 선미를 느꼈습니다. 치장없는 간소함. 그것이 책일지라도 불필요한 것은 다 버리고 귀하고 귀한 것들만을 남겨 두신 책장….

동천년로항장곡하고 매일생한불매향[10]이라더니, 선생님의 글과 삶이 곧 그것이었습니다. 그리하여 저는 선생님의 글과 삶에 경탄하는 그것만으로 저의 가난했던 이십대를 기쁨과 순수로 지탱해오기에 부족함이 없었던 것입니다.

그로부터 또다시 십 년. 요즈음 저는 제가 어디에 있는지를 생각해 봅니다. 특히나 엊그제 저와 가장 가까웠던 한 분이 교통사고로 급서하셨습니다. 저는 그 사별 앞에서 죽음의 엄숙함과 함께 삶의 엄숙함을 느꼈고, 십 년 전의 저를, 그리고 선생님의 깨끗하신 삶을 생각했습니다.

이제 다시금 그때의 순수하고 진지함으로 되돌아갈 수 있을지에 대해서라면 자신은 없습니다. 그렇지만 선생님, 저기 관악산을 뒤덮은, 기상관측 사상 가장 장하게 내렸다는 설경을 선생님도 보고 계시는지요! 저 설경을 선생님께 보내 드립니다.

전화 다이얼만 돌리면 금방이라도 통화가 가능할 선생님께

---

10) 동천년로항장곡桐千年老恒藏曲 매일생한불매향梅一生寒不賣香: 오동나무는 천 년을 늙어도 언제나 곡조를 품고, 매화는 일생을 늙어도 향기를 팔지 않는다. 선비의 지조높은 절개를 표현한 옛 시.

구태여 이런 우원한 인사를 올리는 저의 마음을, 저 정결하고 눈부신 설경이 백의관음의 무설설[11]로 천만의 언어가 무색하리만큼 잘 전해주리라 믿습니다. (『월간 에세이』, 1990년 12월호)

---

11) 백의관음무설설白衣觀音無說說 남순동자불문문南巡童子不聞聞("흰옷 입은 관음 보살이 말없이 말씀하시니, 선재동자善財童子는 듣지 않고도 듣는다." 말하지 않고도 마음이 통하는 인간 관계를 읊은 옛 시.